［日］赤木明登 高桥绿 日置武晴 著

吕灵芝 译

每日漆器

"MAINICHI TSUKAU URUSHI NO UTSUWA" by Akito Akagi, Midori Takahashi, Takeharu Hioki
Copyright © Shinchosha 2007
All Rights Reserved.

Original Japanese edition published by Shinchosha Publishing Co.,Ltd.
This Simplified Chinese Language Edition is published by arrangement with Shinchosha Publishing Co.,Ltd.
through Beijing Daheng Harmony Translation Service Ltd.

图书在版编目（CIP）数据

每日漆器 /（日）赤木明登,（日）高桥绿,（日）日置武晴著；吕灵芝译 . —北京：新星出版社，2017.5
ISBN 978-7-5133-1251-6
Ⅰ.①每… Ⅱ.①赤… ②高… ③日… ④吕… Ⅲ.①散文集－日本－现代 Ⅳ.① I313.65
中国版本图书馆 CIP 数据核字 (2017) 第 056191 号

每日漆器

（日）赤木明登　（日）高桥绿　（日）日置武晴 著　吕灵芝 译

策划编辑：东　洋
责任编辑：汪　欣
责任印制：李珊珊
装帧设计：@broussaille 私制
美术编辑：42 Studio · Caramel

出版发行：	新星出版社	印　刷：	北京汇瑞嘉合文化发展有限公司
出版人：	谢　刚	开　本：	889mm × 635mm 1/32
社　址：	北京市西城区车公庄大街丙 3 号楼 100044	印　张：	5
网　址：	www.newstarpress.com	字　数：	41 千字
电　话：	010-88310888	版　次：	2017 年 5 月第一版 2017 年 5 月第一次印刷
传　真：	010-65270449	书　号：	ISBN 978-7-5133-1251-6
法律顾问：	北京市大成律师事务所	定　价：	58.00 元

读者服务：010-88310811 service@newstarpress.com
邮购地址：北京市西城区车公庄大街丙 3 号楼 100044

版权专有，侵权必究；如有质量问题，请与印刷厂联系调换。

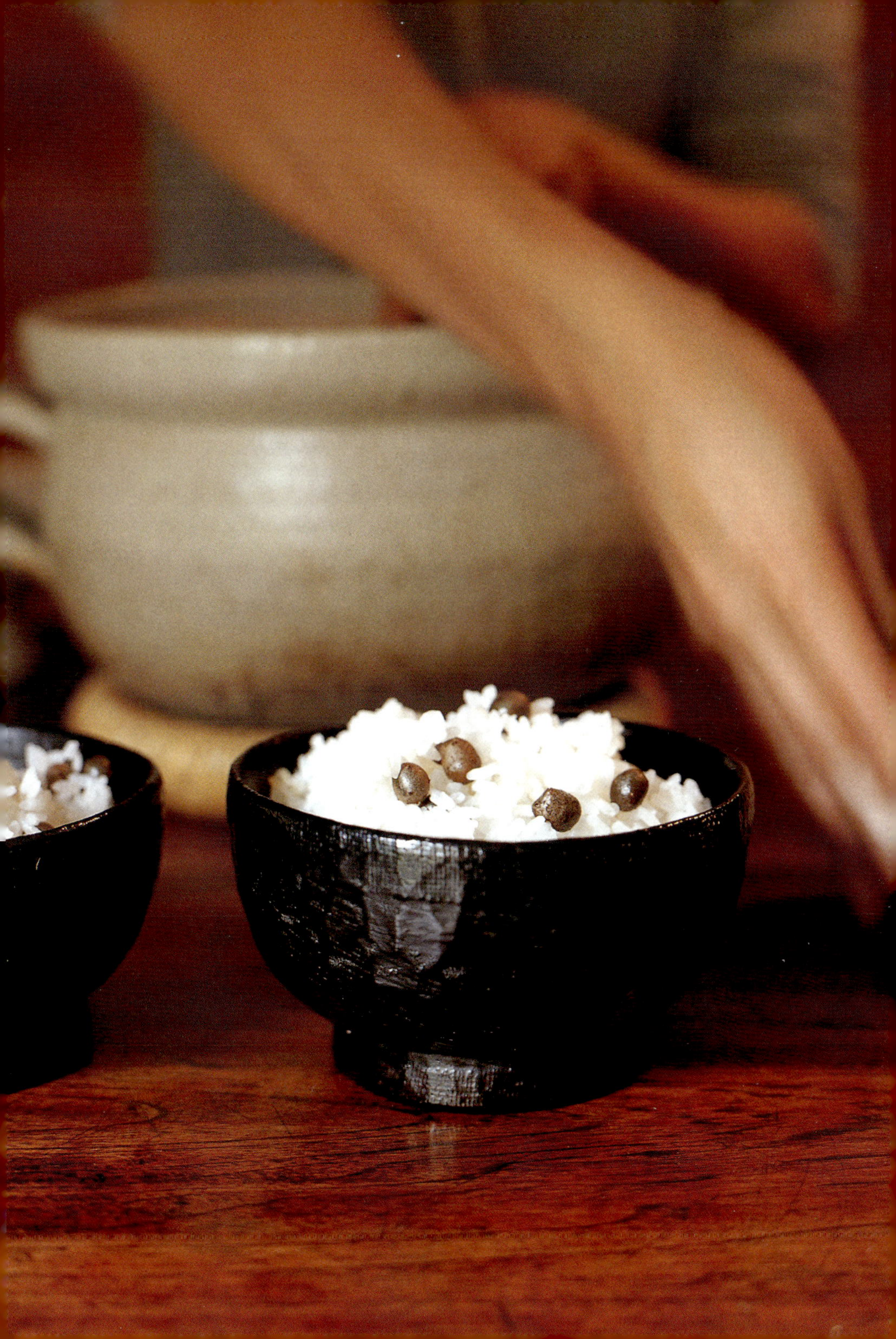

涂物——每天都在用的漆物

一直以来，我都有这么一个想法：如果能有一本漆物入门书，内容不太晦涩难懂，让读者看一眼书中照片就觉得"啊，漆物真好看，这么用好酷啊"，同时还介绍漆物的使用方法，那该多好啊。后来，我跟我的朋友，从事料理造型工作的高桥绿女士说起这事，很快就得到了"好啊，那我们一起来做一本吧"的回应，这就是本书的来由。

先来介绍一下我自己吧。我是一名涂师，居住在轮岛。涂师一般不念作"ぬりし（nurishi）"，而是叫成"ぬし（nushi）"。涂师是制作漆物的匠人。或许有人会问：赤木明登难道不是漆艺家吗？那我可不敢当。要以"家"自称，就必须在作品中表现自我，还要拥有超群的技艺。我却并非如此，仅仅是为了使用而制作，并且是制作要让许多人都来使用的漆物罢了。我做的东西，只是实用的物品。于是为了避免误会，我想到了一个词汇，那就是用平假名表记的"ぬりもの（涂物）"。那些每天都要使用的漆物，在这本书中都被称为"涂物"。轮岛的匠人们平时也都管自己做的东西叫"涂物"，这种称呼让我觉得既亲切又温柔，很是喜欢。与现在人们印象中的高级感不同，本来轮岛制作的东西，就是实用的器皿。为了表明其本质，我认为"涂物"这个词的语感更加贴切。

我1994年在轮岛完成了涂师的修行，随后独立出来。从那时起，我就一直在制作涂物，在此期间，时代发生了很大变化。不久以前，即使我们大声呼吁人们多在生活中使用涂物,也没有几个人会听。而现在,涂物却成了特别受欢迎的物品。作为一名匠人,我自然非常高兴。实在是太感激了。我要对生在同一个时代、拥有同样理想、坚持制作涂物的同伴们,以及在日常生活中使用了我们制作的涂物的人们表示由衷的感谢。更重要的是感谢把使用者和制作者联系起来的、大自然赐予我们的被称为"漆"的素材。

此外,我还要对食物表示感谢,因为涂物只是器皿,是用来盛装食物的道具。为了表达这样感谢的心情,最好的方法就是尽情享用美味的食物。无论吃什么,都不忘频频发出"谢谢""真好吃"的赞叹,这才是名副其实的吃货。老实说,高桥女士和我都是一等一的大吃货。

自从1994年我举办第一次个人展以来,这十几年间,只要在东京有我的个人展,高桥女士都不会缺席。大家听到造型师这个词,或许会有种轻浮的印象,可实际上,高桥女士是个非常认真的人。除我以外,她似乎还有好几个固定观察的匠人,可见她的工作就是以这种平凡的活动为基础的。

接下来我要说明,这本书中介绍的涂物,充其量只是广阔的漆物世界中微不足道的一个角落。而且,涂物毕竟是一种生活道具,不真正使用过自然不会知道它的好。因此,这本书中介绍的几乎全都是高桥女士家、我家以及几个匠人朋友家实际使用的涂物。另外,日本还有许许多多漆物产地。之所以只介绍了轮岛一地,纯粹是因为我正好在轮岛工作,还不熟悉其他产地的情况。由于经验浅薄,导致了这种偏颇,在这里我先向各位读者道个歉。

尽管如此,本书中介绍的却都是高桥女士和我真正喜爱的、名副其实的涂物。希望这本书能够成为读者们以及高桥女士和我,走进未知、广阔又充满魅力的漆物世界的入口。

涂师　赤木明登

目录

高桥绿的餐桌日常 — 1

赤木家的碗物语 — 9

我的碗 12 / 东日出夫和角伟三郎 14 / 饭碗·汤碗 17 / 凸显本职的器皿制作 20 / 今后的人 22 / 涂物的清洗方法 24

拜访涂师屋 — 25

大崎漆器店 26 / 茑屋漆器店 41 / 轮岛桐本 44

讲座：什么是涂物 — 47

"漆器"与"涂物" 49 / 涂物的三要素 50 / 木地的工作 52 / 下地的工作 54 / 涂师屋·艺术家·匠人 58 / 上涂的工作 60 / 加饰的工作 61 / "轮岛地粉"的秘密 62 / 邂逅真正的漆物 63 / 与漆共舞 64

轮岛涂的历史 — 67

轮岛的魅力——早市与涂师文化 68 / 合鹿碗是什么 74 / 八隅膳与宗和膳（江户～昭和初期）75 / 沉金的兴起（江户）·重生之形（昭和后期）79

涂物为食 — 89

托盘——单身生活的乐趣 92 / 便当盒与重箱——家人共享 96 / 箸与匙——轻含入口 108 / 小碟和豆碟——在福田敏雄先生家中学习 112 / 大盘——魅力在于轻盈 121

今后的涂物 — 127

各种用途 129/ 致病母 131/ 吃饭・喜事和洋风・随身携带 133

结语 — 138

附录：轮岛的美食 — 141

摄影：日置武晴
※ 除对谈外，本书正文皆由赤木明登执笔。标题及各篇章页文字，除另行说明外，皆由蜻蜓丛书编辑部执笔。

正在谈论涂物的赤木先生（左）和高桥女士（右）。

高桥绿的餐桌日常

"我想享受饭菜的美味,所以从来不会去使用让自己心存芥蒂的器皿。"

高桥绿女士刚开始独立生活的时候,第一个想要的东西就是一只漆碗。从那以后,她每次遇到中意的器物都会买回来,直至今日,她家食器柜里的涂物已不在少数。此次,她向我展示了每天都有涂物在场的餐桌日常。

基础的汤碗
饭碗（和纸加工）
赤木明登作

这是我第一次自己买的漆物。当时我还在想，那些光滑锃亮的漆物好像跟自己的生活有点不相称呢，结果就遇到了它。外侧包裹着和纸，不会粘到指纹，而且碗壁也比较厚，无须小心翼翼地使用。确实就是一只饭碗而已。

高 8.5cm，口径 12.5cm

赤木 今天我有幸见识了高桥女士平时是如何将涂物应用在餐桌上的。记得高桥女士买的第一个漆物就是我制作的饭碗（上图）吧。

大家第一次购买漆物时，多数都会选择碗类，而且还是非常平凡的这种底座较高的碗。

高桥 我觉得那是因为，碗最符合日本人的精神。民以食为天，我最喜欢的就是那种让人不由得想用来装饭、想用来盛汤的直率的器皿。

赤木 据说只有日本人会手持器皿放到唇边，将食物扒拉进嘴里。

这种底座较高的形状更容易手持，更方便举起来、放在唇边。这是根据日本人常年的习惯设计的形状，所以才更显得直率朴素。

对了，你说当初想要漆物的契机，是因为开始了独立生活是吧？

刚出道的作品
三套碗（和纸加工）
赤木明登作

紧接饭碗之后买来的是三套碗。这三件真的经常被用到。在特别忙碌的时候吃午饭，就用最大的碗装一碗类似盖饭的饭菜，然后是一碗汤和一点小菜。三只碗可以套在一起收纳。

高 9.0cm，口径 13.0cm（最大的碗）

高桥 我离开家乡那年是 30 岁左右，当时已经对器皿有了一定的讲究。我是绝对不愿意用塑料碗来喝汤的，于是就开始寻找漆碗了。

赤木 确实，嘴唇触碰塑料、泥土和漆相应的感受会天差地别，因为嘴唇是最敏感的触觉器官。

那么，你在使用一段时间后有什么感觉呢？

高桥 刚开始有种义务感，觉得既然买了就该多用，然后慢慢就有了一种惬意的感觉。要是没有那种感觉，我认为自己是绝不会一直买下去的。

赤木 惬意感、幸福感、丰饶感。这些感觉确实是要真正使用起来才能体会到的。对了，高桥女士购买器皿时有什么标准吗？

高桥 其实也算不上标准，我在挑选器皿的时候，特别看重自己当时的心境，那是一种非常单纯的感觉。比如赤木先生的叶反钵（5页）和仁城义胜的碗（7页），

高桥绿的餐桌日常

大桥步先生赠送的托盘

这个托盘是我拥有的第一件漆物。当时我在大桥步先生的事务所当助手，见过大桥先生用这个托盘装满高山寺茶杯盛装的煎茶，也见过他用这个托盘端来Wedgwood（英国皇室御用瓷器提供商）的骨瓷茶杯和茶碟盛装的红茶，却都不令人感到违和，便不由自主地觉得这个托盘真好啊。开始独立生活后，大桥先生说要送我一样东西以示祝贺，我毫不犹豫地要来了这个托盘。

都是我感到肠胃虚弱，想吃点粥或面条这些热乎乎的东西时碰到的器皿。

只要诚实地倾听自己的心境，往往就会遇到最为合适的器皿。

只有一个例外，角伟三郎的器皿是我一开始就很喜欢，特意去买来的。角先生是个非常有名的匠人，他的器皿往往昂贵得让我下不了手，尽管如此，我还是在一次展会上咬牙买下了这只七寸盘（6页）和著名的不倒翁碗（85页）。

我曾在早饭时用不倒翁碗来盛过汤。至于七寸盘，它的厚度和边缘的感觉非常棒。虽然我对现代风格的漆物不太感冒，但不知为何就是觉得这只盘子很好用，并且经常用到它。

赤木　角先生生前在轮岛可算是风云人物。虽然人们对他的评价往往偏向两极，但我之所以决定要到轮岛修习漆艺，全是因为邂逅了角先生。从角先生的作品中，我感

4　　高桥绿的餐桌日常

叶反钵（和纸加工）
赤木明登作

倒角盘
大藏达雄作

叶反钵买了红黑二色的。虽然薄得惊人，却十分结实。另外，因为还想要个一本正经的托盘，就买下了大藏达雄的这个倒角盘。平时也会像这样用来装饭菜。

叶反钵：高 6.5cm，最大口径 19.0cm
倒角盘：直径 36.0cm

到了某种充满活力的东西。

高桥女士可能认为角先生的作品中蕴含着现代感，可是这个人心中除了现代感，同时也存在着顽固的保守性。我认为，那种在两极之间摇摆的感觉，才是他的魅力所在。

对我来说还有一个十分重要的人物，那就是仁城义胜先生。

高桥女士也很喜欢仁城义胜的器皿吧？

高桥　不过，我是最近这段时间才邂逅了仁城先生的器皿的。

赤木　仁城先生的器皿正如其外表，非常朴素。仁城先生是用木材雕琢碗型的木地师，他亲手制作木地，然后为了加固，涂上三道漆。这样就完成了。

那种毫不多余的简练感已经成了我时时反省自身立场的标准。

高桥　他的作品真的有种毫无矫饰的感觉。最近连陶

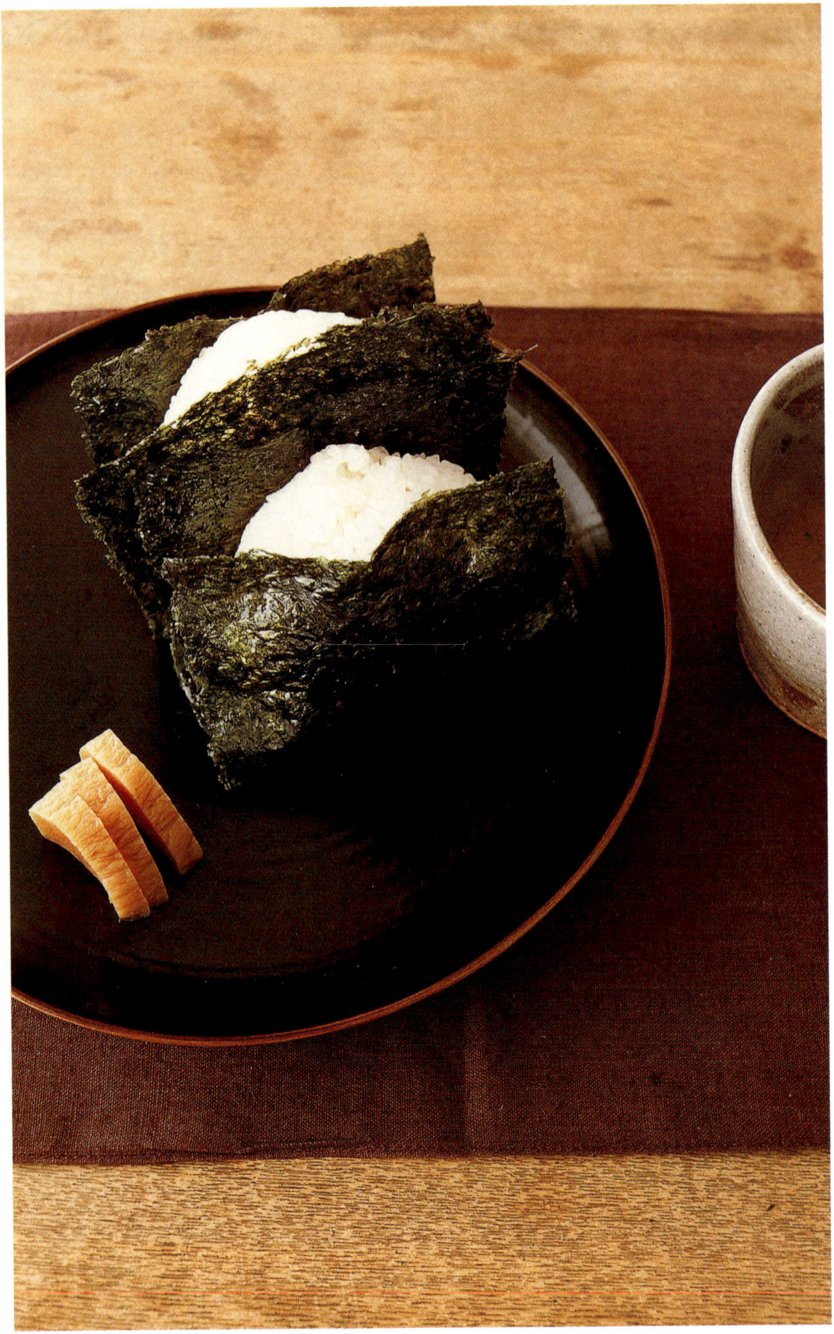

[上图]仁城义胜的涂物
碗
仁城义胜作

仁城先生的作品很适合用来盛装热乎乎的乌冬这类暖心的食物。价位也很亲民。据说他是根据自己家一年所需的生活费除以一年能够制作的器皿数量来定价的。

高 8.5cm，口径 15.0cm

[左页图]角伟三郎的现代感
七寸盘
角伟三郎作

漆与现代感基本上是不相称的，本来一直持有这样的想法，却不由自主地爱上了角先生的器皿。随着年龄增长心境也产生了变化，以前经常用它来当面包盘。

直径 22.0cm

瓷器里都能感受到匠人的刻意加工，每每让我再也不想买了。可能是因为年龄大了，在家就想放松地吃顿饭。在餐桌上，照明设备所营造出的氛围和一起吃饭的人很重要，器皿也同样重要。

刚刚泡完澡，想舒舒服服地吃饭时，仁城先生的器皿就最合适了。它们可以用来装茶泡饭，也可以盛上剩饭浇点味噌汤泡着吃，这些器皿仿佛在向我述说，它的大气能够包容我最真实的样子。

赤木 不过若说仁城先生的器皿朴素而空洞无物，也是不合适的。在这种静谧之中，我感受到了仁城先生高度的精神性。

这或许是因为我熟知仁城先生的造物态度：无论是什么样的小木块，仁城先生都会想办法将其变成器皿，就算一不小心碰到木头的节子和裂痕，他也会避开那些地方，打造出另外一种形状。事实上，扔进炉子里当柴火烧也算

高桥绿的餐桌日常

小钵
仁城义胜作

在京都"日日画廊"展出的器皿。会场上有一处豆腐漂浮在水面的展示，用来盛装豆腐的就是它们。真正拿在手上使用之后，才总算理解了其浅度的意义。由于实在太好用，就买了好多。

高 5.0cm，口径 12.0cm

不上浪费的木头，在他手上却能作为器皿得到重生。这样的态度我认为是非常特别的，而且，那种心境一定也融入了器皿之中。

高桥 我很理解。

我曾经参与过一本料理书的制作，最不可思议的是，之后一翻开那本书，就感到所有的诚意和感情似乎全都传达出来了。

赤木 话说回来，我很推荐用漆物来当吃火锅的小碗哦，因为不容易导热。我其实很不喜欢那种带个小把手的陶瓷盘子。

对了，你一次性买了六个小钵（上图）吗？

高桥 是啊。不过漆物并不是那种随便就能买的廉价物品，我一般都是每年在匠人的个人展上一次性买下一些。

赤木 仁城先生和我以及大多数匠人都一样，每年都会制作一些基本款的作品，所以完全可以一点点凑齐。

高桥绿的餐桌日常

赤木家的碗物语

涂物的基本,无疑就是碗。赤木先生从二十多年前起就开始收集、使用漆碗,有时还能从中领会到技术和精神。为什么要拿起那只碗?使用的感觉和特征如何?通过一只碗就能参透涂物的魅力。

赤木家的饭碗和汤碗全都使用涂物。
右起依次是长子阿茅、夫人智子、次女阿音、明登先生,以及宠物狗阿玉。长女阿百正在东京读大学。

赤木家的碗物语

赤木家的碗物语

我的碗

赤木家的历史

1981 年
到东京上大学
.
1985 年
邂逅东日出夫的器皿
邂逅角伟三郎的器皿
.
1987 年
结婚
在东京度过新婚生活
长女阿百出生
.
1988 年
移居轮岛
.
1989 年
拜入轮岛涂师冈本进门下
与众多匠人结识
.
1991 年
长子阿茅出生
.
1993 年
出师
.
1994 年
独立成立工房
在东京进行首次个人展
宠物狗阿玉出生
.
1995 年
邂逅仁城义胜的器皿
.
1998 年
次女阿音出生
.
2005 年
首次有弟子独立
.
2006 年
阿百到东京上大学

明登（あきと）

现在最常用的饭碗是村濑治兵卫制作的芜绘合鹿碗。
高 8.0cm，口径 13.0cm

茅（かや）

赤木明登制作的三井碗（小）。这是明登独立后不久制作的碗，非常有意义。一家人居住的土地过去被称为三井村。
高 6.1cm，口径 12.2cm

赤木家的碗物语

智子（ともこ）

赤木明登制作的天广碗。用来当天吃饭的碗。
高 5.5cm，口径 14.3cm

百（もも）

从出生那天起就一直在用的东日出夫制作的古文字碗。绘有中国殷商古文字"百"。当然，这只碗也被她带去了东京。
高 6.0cm，口径 13.0cm

音（のん）

高田晴之制作的根来子碗。以榉木为底涂以朱漆和黑漆，经打磨后显露出木纹。
高 6.5cm，口径 9.7cm

玉（たま）

赤木家的爱犬也使用涂物。这是赤木先生特别制作的。

赤木家的碗物语

13

[左] 合鹿碗（木刨锖纹加工）
东日出夫作

旧合鹿碗的复制品。用木刨和刻刀修成碗形。其上的锖纹加工直到江户时代都备受茶人喜爱，因此刻意采用了做旧手法。

高 12.5cm，口径 13.5cm

———

[右] 小盛碗
角伟三郎作

原本在上缘和下缘贴布是为了加固，但这只碗和 18 页的碗却以贴布作为自身的特色。应该是将能登自古以来的合鹿碗改造成了方便使用的大小。

高 7.7cm，口径 12.0cm

东日出夫和角伟三郎

赤木　首先我来讲讲自己与漆物邂逅的故事吧。我本人第一次购买的漆物也是碗。具体点说，就是东日出夫先生的合鹿碗（上图左）。记得当时我只有 23 岁左右吧，刚在东京租了一间公寓开始生活。

合鹿碗是个充满谜团的碗，具体情况请翻阅后面的《轮岛涂的历史》，但有一点想必大家都注意到了，那就是其外形的大气。有很多人都对合鹿碗钟爱不已。并且几乎在同时期，我又邂逅了角伟三郎先生。那时候我买了一只较小号的合鹿碗，记得当时应该是叫小合鹿（上图右）。用小合鹿喝汤，再用东先生的合鹿碗吃饭，这就是我对漆物的最初体验。

高桥　你与东先生见过面吗？

赤木　见过的。其实在喜欢器皿的同时，我还觉得东

[左]座碗
角伟三郎作

继宗和膳（77 页）之后，将下刳型的饭碗缓缓延展放大的感觉。

高 8.5cm，口径 13.0cm

[右]时代碗
中岛和彦作

木地选用榉木，边缘贴麻布，以榉木粉和漆混合下地。用这只碗盛了野泽菜饭。

高 9.5cm，口径 13.0cm

先生这个人本身就很有趣。他属于"全共斗[1]"的最后一代，在那一世代几乎与生俱来的失意中，加入到了自卫队这一氛围完全相反的环境里，然后又在镰仓的老铺中修行，开始自己制作器皿。我与他邂逅之时，东先生还在大学学习哲学。

当时我还在把哲学书当成时髦的玩意儿来读，与他相遇之后，才头一次意识到构造主义和现象学一类的东西其实跟自己本身的生存、器皿的制作是结合在一起的，这让我非常惊讶。可以说，他给我造成了很大的影响。

高桥　那跟角伟三郎呢？

赤木　至于角先生，他的器皿本身就让我感觉到了强大的魅力。我正是因为他才决心到轮岛来的。其他的碗都

....

1 "全学共斗会议"的简称，1968~1969 年日本学运纷争时期各大学间结成的学生组织。"全共斗世代"指在 1965~1972 年全共斗运动、安保斗争等事件时期正值读大学年纪的一代人。

赤木家的碗物语

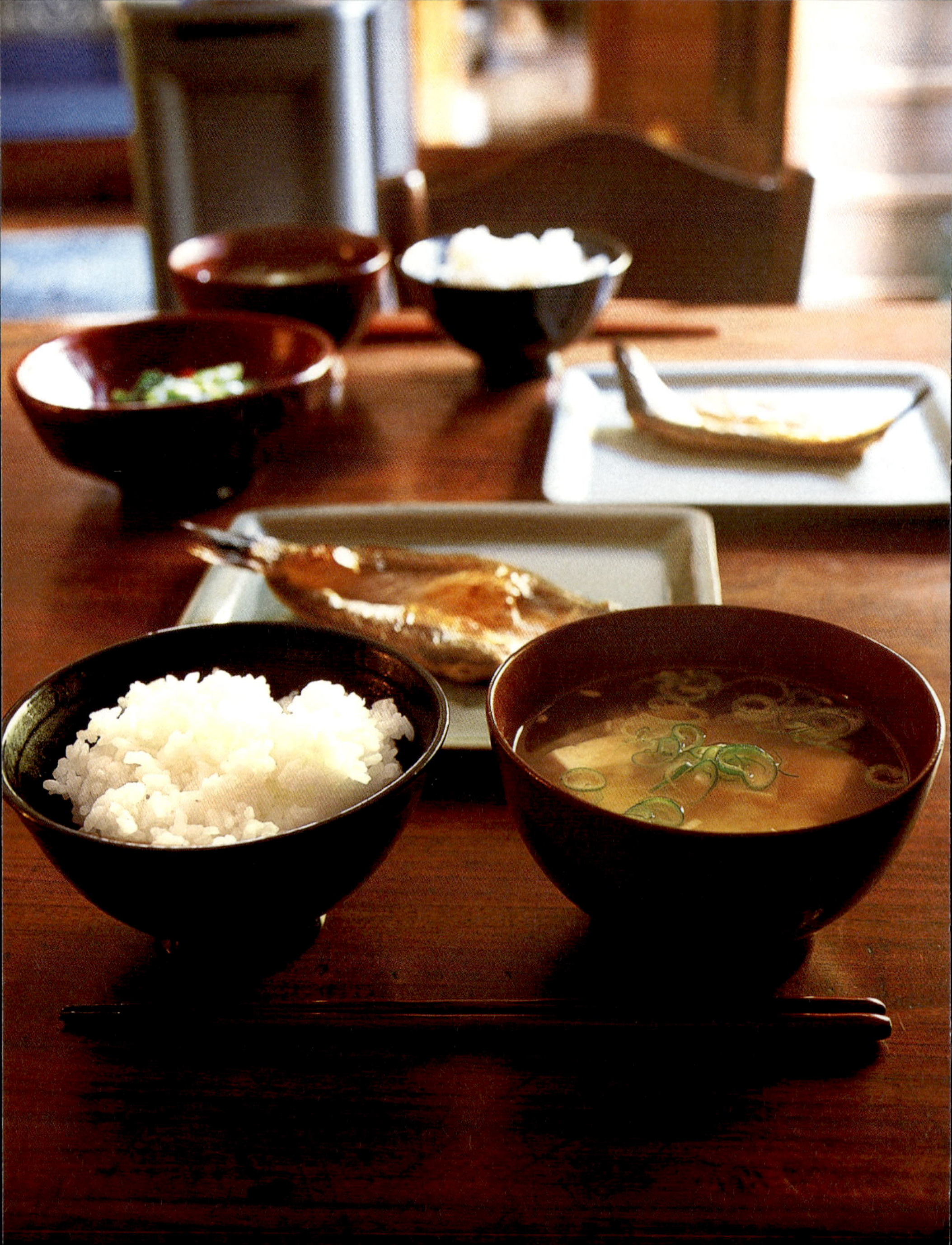

是到轮岛之后才遇到的。

高桥　这件（15页左）汤碗也是角先生的作品吗？

赤木　是的。这叫作"座碗"，是他晚年的作品。我认为，角先生在选取最美丽的形状这一方面有着天才的直觉。如你所见，这只碗的横截面先是竖起一座高台，然后转弯90度横向延伸，描绘出腰线后再画出弧度向上伸展。虽然勾勒出的是最为简单的形状，但那线条中却存在着无限的可能性。最终选取哪一条线，就要完全依靠匠人的直觉，这也是最考验选择技巧的一步。一般人都说角先生的代表作应该是合鹿碗，但我认为，他晚年的这只座碗也是非同寻常的杰作。

旁边（15页右）这只是中岛和彦模仿合鹿碗制作的作品。中岛先生是一位技艺超群的莳绘师，心灵手巧，什么都会做，不知何时起就自己做起了碗。据说他是在修理旧碗时邂逅了合鹿碗。实际拿在手上就会知道，合鹿碗表面是有凹凸的。这种凹凸感非常适合手握。而中岛先生在受人委托进行修理时，查到这种类似鸡皮疙瘩的粗糙表面其实名为刻苧漆，也就是榉木粉末和漆混合起来涂抹的产物。而且还是用手涂的。于是他就亲自尝试了一下。他自己刻成碗型，将榉木粉和漆的混合物用手涂抹上去，然后再用手上了一道生漆。一想到那是连中岛先生也想探究的合鹿碗的世界，我就不由得十分好奇。

[左前] 羽反・饭碗
福田敏雄作

福田先生修习的本是传统木坚地的轮岛涂，现在却不使用轮岛下地，而是上下贴布，重复中涂以增加强度，同时降低成本。

四寸一分：高6.5cm，口径12.5cm

———

[右前] 汤碗（和纸加工）
赤木明登作

赤木先生最基本款式的碗。

高7.0cm，口径12.4cm

饭碗・汤碗

高桥　福田敏雄先生的应该是饭碗吧。

赤木　福田先生是我在轮岛交到的第一个匠人朋友。这只碗（左页左前）是他为祝贺我出师送给我的。整只碗上下贴布，中涂加工，没有下地也没有上涂，但完全不会刮伤，每天都可以尽情使用。

赤木家的碗物语

[上图] 盛碗
角伟三郎作

刚开始复制合鹿碗时期的作品。里层有三星标记。当时称为"合鹿碗",后改称"盛碗"。

高 10.5cm, 口径 14.0cm

[右页图] 黑刳贯碗
大宫静时作

用凿子和链锯切割出木地,再用锥子雕琢。因为每一只碗都需要徒手制作,因此很费时间。上七道生漆,最后上一道半透明的漆,称为"溜涂"。凹凸的质感让人感到亲切。

高 6.5cm, 口径 12.0cm

高桥 福田先生的饭碗长得中规中矩,看着很舒服呢。

赤木 应该是李朝的粉引茶碗的形状吧。如今人们多少都有点固定观念,认为吃饭要用瓷碗,喝汤要用漆碗,但很久以前,日本人无论是喝汤还是吃饭,使用的都是木器皿。

后来到了江户中期,濑户物(陶瓷器总称)得以大量廉价生产,最终木器才被濑户物给取代了。平时我向初次使用漆物的客人做推荐,首选的都是饭碗。

高桥 其实有很多时候根本分不清饭碗和汤碗,去问匠人,他们又会说请你随便用。就像刚才说到的东先生的合鹿碗,尺寸挺大的,合鹿碗其实是饭碗吧?

赤木 没错。本来饭碗就比较大,汤碗比较小,因此那种搭配是延续传统的。可能现在人们都不怎么吃米饭,而喜欢喝更多配料充足的味噌汤,所以才导致了汤碗比饭碗要大吧。

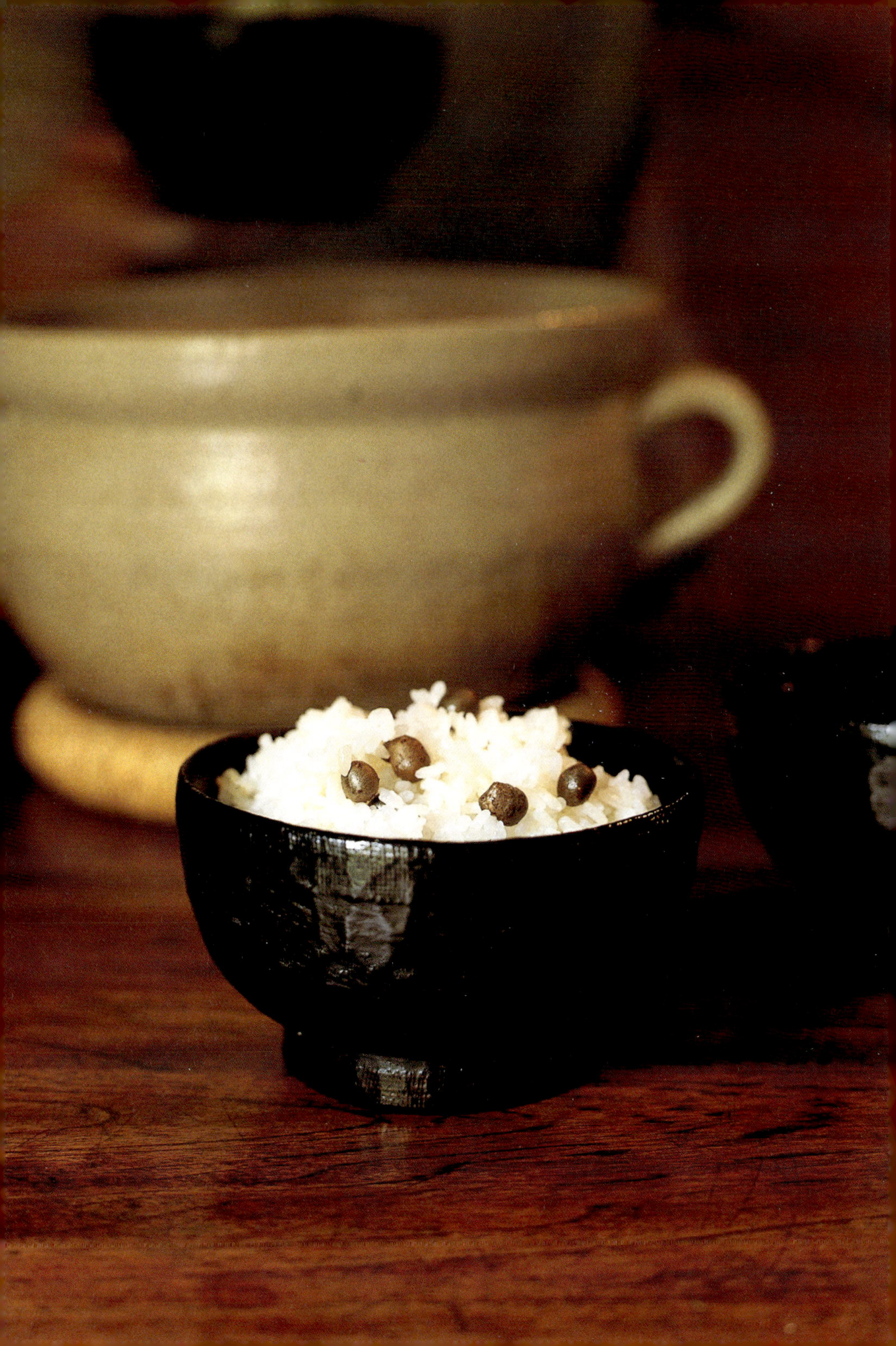

涡纹碗
西端良雄作

一边转转盘，一边用刨子在碗内侧刻出竖纹，在涂漆时保留纹路。这种利用转盘进行各种艺术表现的技术被称为"山中涂"，而西端先生则是山中技术的继承人。

高 6.5cm，口径 13.0cm

凸显本职的器皿制作

赤木　在后面的《什么是涂物》部分会详细介绍到，涂物的制作是分工制的。有制作木地的人、制作下地的人、涂上涂的人，其中当然也有自己独立制作器皿的匠人。例如西端良雄先生，他是一名碗木地师，利用自己木地师的技艺进行着器皿制作，像那只涡纹碗内侧的纹路，是只有木地师才做得出来的。

高桥　那就像陶器上会用到的"飞刨"技艺呢。你平时会用漆器皿来盛装浓汤吗？

赤木　会，可以随手拿来盛汤或者冰激凌之类的食物。

高桥　用漆物来吃冰激凌，这种感觉有点奇怪呢（笑）。

赤木　不会不会，漆物不容易导热，热的东西不容易变凉，冷的东西也不容易升温。冰激凌也就不会那么快融化啦。正是这种时候才能最好地发挥漆物的功能。

赤木家的碗物语

高桥 嗯，如果家里有好几样漆物，就会好像从衣柜里挑衣服一样，根据当天的心情决定用哪个碗来装什么东西，这种变换其实也挺有趣呢。反正汤这种东西，就算换了食材，外表也不会发生太大变化，倒是换一种器皿会让人眼前一亮。反过来说，一些平时不做南瓜浓汤的人，说不定会因为有了这样的器皿而产生了尝试的想法，这样一来，器皿也就让生活更加丰富多彩了。

赤木 大宫静时的黑刬贯碗（19页）也是充分利用了大宫独有的技艺制作而成的。大宫是在轮岛的邻村，同时也是合鹿碗故乡的旧柳田村（现能登町）从事栏间雕制作的匠人。她原本对涂物一窍不通，但在福田敏雄的教导之下，自己也开始接触漆艺了。

高桥 这次我用它盛了一碗零余子饭，有一些涂物就是让人想用来盛装这样的饭菜。都说每到一个季节，就会让人想用某个人的器皿，而大宫制作的无疑就是适合冬季的器皿，那种质地会让人感到浓浓的冬日情怀。不过要是把大宫的器皿摆满整张桌子，或许会有点过于沉重。

赤木 现在已经去世的鹈岛敬二先生是内人学习研磨时对她照顾有加的老师，后来也给我工房里的年轻人进行过技术指导。他是继承了轮岛涂传统，带有旧日情怀的下地匠人，同时也是特别乐于接受新思想的人。所谓下地，就是给器皿造型的工序，将"轮岛地粉"（参见62页）和漆混合成糊状，再用那样的下地材料涂圆、涂平。不过，那种下地材料跟黏土差不多，因此也能够做出图案来。虽然人们都认为露出下地痕迹是手艺不精的表现，但鹈岛先生却故意制造出各种痕迹，赋予器皿不一样的表情。

高桥 我在画廊看到鹈岛先生制作的碗时，第一印象就是他的器皿十分温柔，是让人想在日常中使用的东西，就像福田敏雄先生的器皿一样。拿在手上温润柔和，放到嘴边让人宁静安逸，拥有这种让日本人感到亲切的触感的器皿是最好的，也是我最喜欢。当然也有唯一的例外，那就是角先生。角先生的作品在身为器皿的同时，似乎还存在着某种艺术性，或者说并不止于此的某种深意。

赤木 很多人说，角先生的器皿虽美却潜藏着严苛，因此自己不会使用。我认为，一门心思追求自己认定的美好，容易与普遍性背道而驰，而角先生正是走到了那一个层面的人。他的作品中理所当然地会存在严苛。与他完全相反的是，福田先生对器皿本身的存在感这种东西毫无兴趣，他的器皿给人的感觉是，过着普通生活的人能够舒服地使用，那样就足够了。虽然两者的想法截然相反，但都很有趣。跟角先生相差一岁的鹈岛先生也把"漆是好朋友"当成自己产品的广告语，打心底希望人们能够在每天的生活中使用自己制作的碗。

高桥 原来是这样啊。确实，跟匠人交谈过之后，就会发现他们本人跟他们的器

[左图] 碗
鹈岛敬二作

在下地部位故意留下涂刀痕迹，
以此来表现出纹样和色彩。

高 6.8cm，口径 12.0cm

[右图] 三井碗（本坚地涂立）
赤木明登作

江户时代的轮岛涂，被赤木先生
叫作能登根来的碗。

大：高 8.3cm，口径 12.8cm

皿给人们的印象是一致的。说起来可能有点吓人，但器皿也会具有人格这种事看来是真的呢。

今后的人

赤木 之前一直在谈论使我深受影响，以及制作真诚而富有魅力的器皿的人。最后请让我来介绍一下新人。中野知昭是一名技艺超群的上涂匠人，他目前在越前工作。镰田克慈君是我的弟子，按照轮岛惯例在我门下修行了四年，并在一年谢师效力之后独立出去了。现在他主要做干漆。所谓干漆，是一门非常耗费时间和精力的工作，首先要做型，再用漆把布料贴在型上，待凝固后脱型，以布料单独作为器皿坯体。

高桥 那他在师门里也会制作自己的器皿吗？

[左] 端反大碗
中野知昭作

生长于越前，至今仍在当地活跃
的青年匠人之一。
木地选用榉木，
下地为本坚地（参见 54 页），
是一只结实的碗。

高 9.5cm，口径 13.0cm

———

[右] 汤碗
镰田克慈作

干漆的基地并非木地，而是布料，
不仅能够自由塑形，还特别轻盈。
一般干漆的型都是用石膏制成，
无法再次利用，但镰田先生却开
发了木地为型，剥离布面的技术。

大：高 7.0cm，口径 13.0cm

赤木 当然。毕竟独立之后就一定要制作自己的东西了。关键就在于如何脱离师父，如果连给人的印象都跟我截然不同，反倒对他有好处。

高桥 原创是非常困难的。尽管大家都认为与众不同是原创的基本，可是一味追寻与众不同的东西，有时却会做出来各种奇怪的玩意儿（笑）。而器皿明明是每天都会用到的物品啊。

赤木 没有必要制作一些谁都没见过的东西。我希望他们能去寻找自己最喜欢的东西。因为寻找自己喜欢的东西，等于在寻找自我。我一直都坚持，如果感到茫然，就不要管是旧物什还是别人做的东西，只要觉得自己喜欢，就把形拿过来。在质地方面也同样如此，无论是臭掉的豆腐的质感，还是山上苔藓的质感，只要能出色地表现出自己认定的质感就可以了。镰田君正好是个老实的人，就变成了现在这个样子。我真是个好师父啊（笑）。

赤木家的碗物语

step1
我吃饱啦。使用后的器皿要尽早清洗。

step2
一开始将所有涂物集中起来清洗。若粘上饭粒，可以先泡一下。

step3
推荐使用"琵琶湖"洗碗布。如果用温水清洗，无须洗涤剂就能去除油污。

step 4
洗干净以后，用干布仔细擦去水分。这一步跟洗手一样。

step 5
一般很容易忘记碗底。碗底一旦残留水分，就容易积聚水垢，造成边缘发白，所以要注意哦。

step 6
陶瓷器皿会损伤涂物，因此，一定要在收拾好涂物以后，再另外清洗。

涂物的清洗方法

请把涂物当成自己的双手。盛装过含有油脂的东西后，当然可以用洗涤剂来清洗。可是，请一定要使用不伤手的中性洗涤剂。

如果洗涤剂使用过量，不仅会导致双手皮肤干燥，也会让涂物失去润泽。像是去污粉这一类带有研磨颗粒的东西是断然不行的，也不会有人用硬刷子来洗手吧？所以请一定要使用海绵擦或软布。

千万不能放进洗碗机、干燥机和微波炉里。总的来说，就是要仔细温柔地对待涂物。

24　　赤木家的碗物语

拜访涂师屋

涂师屋是支撑涂物产地轮岛的重要存在。他们的职责是召集众多匠人，从器皿的制作到销售，全程进行指挥，是相当于涂物的制片人一样的存在。因为这是一份联系匠人和使用者的工作，他们鉴赏器皿的眼光自然非常敏锐，对于器皿使用的建议，每个涂师屋也都有着独到之处。

＜大崎漆器店＞

漆物之使用

大崎漆器店是从幕末时期
便开始经营的老字号涂师屋之一

这座建造于大正时代的住家兼工房采用的是涂师屋的传统格局。狭长土间的尽头便是匠人的工房,右侧是居住用的房屋

[左图] 年代很是久远的漆桶。　　[中图] 正在制作过程中的筷子。　　[右图] 正在制作过程中的碗。

拜访涂师屋

[左图] 涂师藏的二楼,为了防止灰尘进入而紧闭的玻璃窗另一头,是进行最后加工——上涂的场所。

[右图] 用木刀仔细涂抹下地。

[右页图] 下地匠人的工房。昏暗狭长的土间尽头,竟是一个带中庭的敞亮空间。

涂师屋格局

高桥 这座建筑看起来很像京都的古老町屋造型,可是又比町屋更深,屋顶也更高。

赤木 据说这座建筑是大正时代建成的,有一个专门形容它的词叫"住前职后",是典型的涂师屋格局。进入玄关后,马上就是一条半开放式的土间走廊。走廊侧面是住家,里面的仓库是匠人们的工房。这是保留了轮岛传统的建筑。

高桥 在仓库里工作吗?

赤木 那些仓库的正式名称其实是"涂师藏",因为土藏这种仓库的温度和湿度四季都很稳定,正适合用来晾干漆面。一般来说,一楼还会用来存放各种商品,二楼则完全是上涂的工作室。为了防止灰尘扬到上面去,楼梯最上面还装有推拉门。

大正摩登

赤木　大崎家有很多大正年间到昭和年间的漆绘点心碟（34~35页）。他还给我看了很多用来给客人做介绍的样品碗（32页）。高桥女士，你觉得这种嵌入了花纹的加饰器皿怎么样呢？

高桥　我家的器皿大多都是素色的，但我觉得在陶瓷器上加一点赤绘，或是在漆物上点缀一处莳绘，这样也挺不错。不过且不说那个，大崎先生的样品碗真的是太棒了。这么美的器皿，简直让我大吃一惊。包括和服在内，最近人们使用的图案都大胆又美丽呢。我想要这个！

赤木　加饰工艺在高台寺莳绘出现的中世，以及江户时代曾经出现过几次巅峰，我认为，大正时代到昭和时代也算是加饰的巅峰之一。那是银座到处挤满摩登男女的时代。他们对潮流的敏锐感知也浸透到了传统工艺之中。

高桥　这明显是不同于现代的设计。工笔画精巧漂亮，抽象设计也十分令人赞叹。虽然我并没有在漆物上追求新颖，但还是觉得过去的摩登设计真是太棒了。我希望所有匠人都不要把"现在的流行趋势"等同于"摩登"。

从大名家的食器柜里找出来的大正摩登漆物。这些虽然是老物品，但据说只要能达到一定的订单量，就可以请他家制作同样花纹的复制品。

赤木　如今的加饰工艺，大半都是摩登得略显微妙的东西。要么就是乍一看符合传统，实际却毫无美感，只留下了熠熠金光的玩意儿。

高桥　图案都是谁想出来的呢？

赤木　过去有一种人专门给碗和绘碟描绘图案，然后再卖给莳绘师和涂师。

高桥　现在应该还有人从事那种工作，但已经不如从前那样辉煌了吧。毕竟当时销量很好，工作量也够多，匠人们的干劲儿和技术都跟现在完全不一样。

赤木　没错，虽然只要有一个样品，就能制作出复制品，但有种魅力是仅仅制作一件器皿无法表达的。那样的世界，只有积累了一定数量之后才能呈现出来。如果越来越多人发现其中的美好，开始希望得到它们，自然就会再出现那些充满生气的物品。

通往重箱之路

高桥　有了这么多年经验的积累，最近这段时间我渐渐觉得以前认为如高岭之花般让人难以接近的那些物品，其实也挺不错。十几年前，我遇到了赤木先生那质感如洗褪色棉布般的碗，又邂逅和使用了许许多多的漆物，终于走到了这个境界。

赤木　对啊。我觉得无论从感觉还是从财力上，都无法一下到达那个境界。那正是我想用这本书来表达的东西。我之所以要把"涂物"和"漆器"分开来考虑也是因为如此。"涂物"是日常用的器皿，也是漆艺的入门；而"漆器"则是特殊的日子里使用的、意义更加重大的物品。并不是说孰好孰坏，正因为两者并存，才体现出了漆艺的广博。通胀时期，有很多人突然跑进漆物的世界，花大把钱买了很多漆物回去，但现在的日本已经进入了一个成熟的时代，完全可以像你那样循序渐进，一点一点来。作为匠人的我也一样，此前一直都在制作属于涂物范畴的物品，今后也想朝漆器的方向发展。你觉得重箱怎么样？

高桥　这次见到（大崎）悦子夫人使用丸重的方法，让我有生以来头一次想要一个重箱了。这也印证了我刚才的那番话。我并不想突然要一个金灿灿的莳绘重箱，如果先从丸重入门，在日常中使用起来，今后说不定会一改以前的毫无兴趣，慢慢想制作正经的岁时料理、用体面的重箱来装盛呢。多亏了悦子夫人，我觉得自己正式站在了通往重箱之路的起点上。

赤木　一提到重箱，就会让人想到是正月才会使用的特殊物品，悦子夫人帮你颠覆了那个印象呢。

拜访涂师屋

点缀着莳绘的点心碟上放几块小小的点心,马上就变得可爱起来了。

用来垫在玻璃器皿下面使用的点子是悦子夫人想出来的。这些都是能充分表达待客心意的器皿。

拜访涂师屋

日常用的丸重。一家人相聚以及匠人们一块儿吃饭的时候，就会像这样使用丸重。连盖子也成为了容器之一。

拜访涂师屋

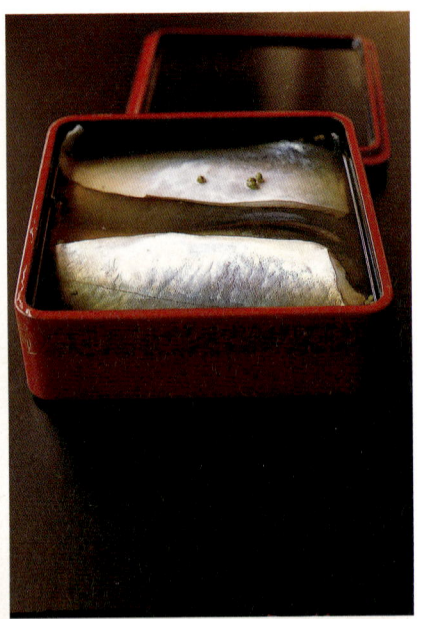

[左上图]日常用的丸重。[右上图]让所有人都大吃一惊的"重箱腌渍鲭鱼"。悦子夫人说:"我家一直都这样用,完全没问题。"不过还请千万注意,不要用刚买回来的漆物这么干。
[下图]店主大崎庄右卫门先生力荐的鲁山人大盘复制品。漆面与刺身和寿司十分般配。

高桥　真的是让我眼前一亮。悦子夫人说，她会非常小心地使用容易碰伤的方形重箱，可是那种圆形的丸重，她却能够很随意地使用。确实，浑圆的形状容易让人感到放松，清洗的时候也会因为没有边角更加容易。我在工作中曾经使用过丸重，眼看着小菜从锅里或者砧板上一股脑儿地被倒进去，就会觉得全身都放松下来。

大崎漆器店的魅力

高桥　大崎先生家使用漆物的方法真的让我学到了很多。他们不会因为觉得太浪费而不敢随便使用，而是顺其自然地使用自家的漆物，或者说，毫不犹豫地使用。这点才是迷人之处，给人一种他们对漆物喜爱有加的感觉。

赤木　我也吃了一惊。他们制作腌渍鲭鱼时竟把漆物重箱（左页右上）当保鲜盒一样放进冰箱里呢。我印象中漆物对醋和碱性物品抵抗力很差，原来根本没问题啊。老实说，我非常非常讨厌厨房里那些塑料容器，过去人们用的应该都是切溜盒跟重箱啊。这是已经经过科学证明的事情，实验人员分别用漆物和塑料器皿盛装食物，然后观察其变质速度，发现漆物更不容易导致细菌繁殖。也就是说，更不容易让食物变质。

高桥　不过，漆物真的能放进冰箱里吗？

赤木　我也不能一口咬定全都没问题。大崎先生家里用的都是以本坚地涂制作的器皿，而且经过长时间使用，已经足够干燥，所以应该没问题。

高桥　原来如此。其实我也不是真的想用漆器皿制作腌渍鲭鱼，而是想学习那样的态度。

赤木　图中用来装锅烧乌冬的器皿（40页）本来是个粉钵，在大崎家却有了这样的用途。

高桥　我很不喜欢那些只能适用一种方法论的事物。而且考虑到东京的居住现状，一种器皿能够实现多种用途是很让人高兴的事。这个粉钵如果只用来当成和面的器皿使用，想必会很占地方，除了用来和面，它应该还可以很自然地用来盛装食物吧。用它来装些下火锅的蔬菜和其他配料应该也不错。

赤木　现在都说漆物产业正在整体衰退，但轮岛依旧保留着这么多东西，还有这么多人依旧在使用它们。这对在这片土地上从事漆物制作的人们来说，也是一种鼓励。在那些传统的事物中，存在着许多美丽而实用的东西。

高桥　无论对使用者还是制作者来说，这里都隐藏着关于漆艺未来的答案。

[上图] 上涂层下透出文字,匠心独特的餐盘。
[下图] 热腾腾的锅烧乌冬也可以用漆物装盛。它保温性能良好,或许还可以用来盛天妇罗。

＜茑屋漆器店＞
–
流淌爵士乐旋律的涂师屋

茑屋家会用重箱进行充满西洋风情的招待
也会用它在日常餐桌上盛装炸鸡块和炒菜

拜访涂师屋

[左页 上图] 四方钵

大：边 25.0cm，高 7.5cm

———

[左页 下图] 八角重

小：长 30.5cm

早市大道南侧，聚居了大量漆艺匠人的街区一角，坐落着茑屋漆器店。这也是间创始于幕末时期的老店。尽管入口是轮岛传统的档木（能登特有柏木）脚板，只要一走进去就会发现，里面是一片如同大都会画廊般的时尚空间。据说这家店多年的老客户很多是寺庙。在制作传统佛器的同时，该店还提出了适合现代餐饮的漆物使用方法。

本次主要介绍适用于意大利面和三明治的涂物，我认为，其实有很多人都在寻求这样的使用感觉。特别推荐用涂物重箱来存放三明治，这样不会使食物脱水影响口感。不要将涂物的用途局限在盛放和式食物上，尝试将它们的应用范围加以扩大也不失为一件趣事。

四方钵和八角重的设计都很巧妙，还是没有加饰的素色加工。这样的器皿不仅适合这个充斥着钢筋水泥的现代化空间，还能在招待客人时表现出充分的诚意。

轮岛有一个彩漆会，是由漆物产业相关工作者的夫人们组成的团体，主要以女性的视角对器皿的设计和使用提出建议。大崎悦子夫人和茑屋的老板娘大工佳子夫人便是其中的成员。几年前，她们还邀请高桥女士搞了一场餐桌布置的学习会。或许，这样的团体也会给一直以来都由男性主导的轮岛涂师文化带来一阵新风。

拜访涂师屋

< 轮岛桐本 >
–
木地屋的创意涂物

面向轮一路的轮一画廊

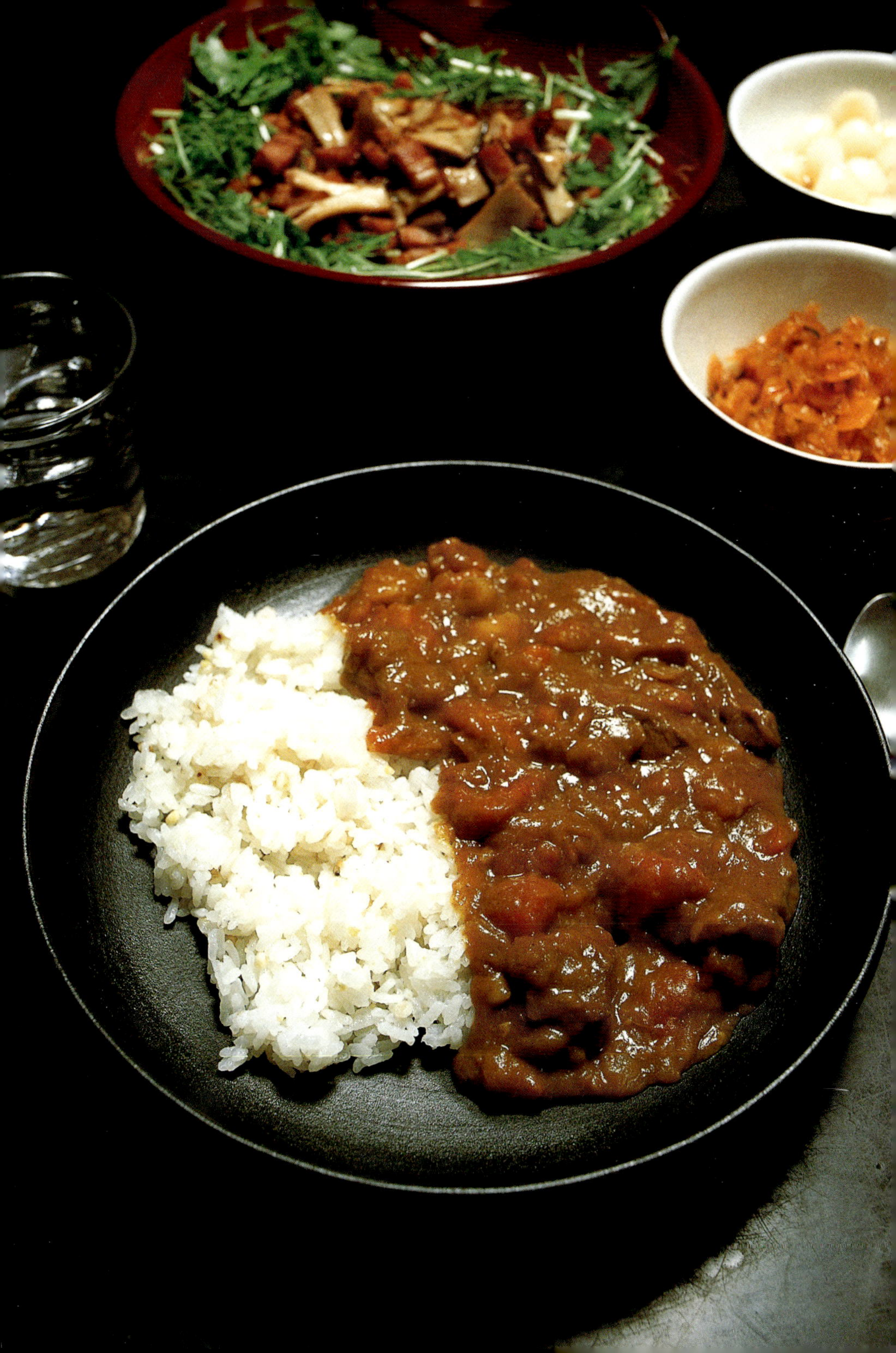

[上图] 小福盘

中·朱红·直径 19.6cm

———

[上页图] 小福盘

因为"想用涂物来吃自己最喜欢的咖喱",桐木先生就设计了这样一个盘子。
器皿表面坚硬,即使用金属勺子也不会刮伤,同时也不用担心香辛料对漆面造成腐蚀。

大·黑·直径 23.4cm

　　桐本泰一先生本来是掌握了大量木地匠人资源的木地屋工头,但同时也在积极地从事器皿的原创设计和制作。这可谓是木地屋的涂物创新啊。

　　在那个泡沫经济破裂、漆物开始滞销,涂师们再也不知道该做什么好的时代,他成了拼命宣传漆物、不断对别人讲述漆物的好处和使用方法的能人,我真应该学习他的热情。桐木先生向我介绍这个咖喱盘时的热忱简直太让我震惊了。这只盘子使用了"莳地"加工法,上漆之后再裱装"轮岛地粉",使表面更坚固,就算被金属勺子蹭到也不会留下痕迹。当时桐本先生还真的抄起一把勺子刮了几下,把我跟高桥女士都吓了一跳。

　　轮岛的"轮一画廊"是桐本先生主办的,我也有参与。不过这个画廊是由九名木地师、莳绘师、涂师共同出资共同经营的,平时主要展示几个成员的作品,同时向全国发出有关漆艺的信息,有时还会召开轮岛以外的匠人的个人展,给大家带来一些新鲜的刺激。画廊以"从器皿到城镇建设"为标语,将制作器皿这一工作拓展到轮岛这个产地的整体建设。如果各位有机会来到轮岛,请务必过来看看。

46　　　　拜访涂师屋

讲座：什么是涂物

文：赤木明登　图：大桥步

节庆用的漆器。

日常用的涂物。

讲座：什么是涂物

"漆器"与"涂物"

就算有人说"以后每天都用漆器吧",一般人也不会马上回答"好!我知道了"吧。这其中有多种理由。首先,漆器的价格好像很高吧。其次,收拾起来特别费劲,太麻烦了。另外,也担心漆器会马上脱漆、损坏,或是划伤。

其实,那些理由中既存在漆物本身的特性,也有一些人们的普遍误解。因此,为了让人们能够正确理解漆物这种东西,我特意在漆物这一大概念下划分出了两个类别。一类是"漆器",另一类则是"涂物"。

平时我们听到漆物,联想到的可能是只在过年或婚庆等特殊日子里使用的、用金箔描绘图案的亮晶晶的容器。我先把那种物品归类为"漆器"。然后,如果再仔细观察身边,应该就会发现有一种漆物是跟那种"漆器"完全不同的、存在于人们日常生活中的器皿。比如吃早饭时用来盛汤的碗。尽管外表并不华丽夸张,却在每天的生活中起到了很大作用,对于那种漆物,我要将其称为"涂物"。

"漆器"是特殊的日子里装饰在会场上的东西。"涂物"则是每天都会使用的器皿。"漆器"主要为观赏而作,"涂物"则为使用而作,上漆的方法自然也就不一样。而每天都被使用,结实却没有那么金贵这点,就是"涂物"的长处。

"漆器"与"涂物"的关系,就像"玉露"和"粗茶"一样。

平时完全不喝绿茶的人,就算一下子让他喝上最高级的玉露,想必也无法理解其真正的滋味和深意吧。每天都喝粗茶,只在最特殊的时候享用玉露,应该只有这样才能真正理解到玉露的精妙之处。换句话说,涂物其实是通往漆物世界的入口,起着引导人们入门的作用。当然,既然涂物相当于粗茶,它的价格也就不会太高。如果是碗类,一般只要一万日元左右(约六百元人民币)就能买到。

各位还是觉得"怎么这么贵"吗?放心,只要看完我接下来的解说,一定就能体会到其与价格相匹配的价值。

讲座:什么是涂物

涂物的三要素

那么，比漆器更结实的涂物究竟是怎么做出来的呢？在介绍上漆的工序之前，首先要请各位理解涂物的三个要素。

涂物表面当然涂有光泽独特、触感上佳的漆。漆是由漆树的树液加工而成的。漆树是日本山中十分常见的一种阔叶树，由于皮肤直接接触漆树树液会引起很严重的炎症，因此它也被叫作"烂皮树"。一旦树干受损，漆树就会渗出树液，树液不一会儿就凝固起来，将受损部位覆盖，就像人类血液凝固后会形成血痂一样。

正是漆树树液的这种性质，使它被作为涂料使用。我们拿起涂物时得到的触感，其实是涂在表面的一层薄薄的漆膜，这种漆膜就是所谓的"上涂"。

涂物同时也是木器，因此它的芯是木制的，这个芯叫作"木地"。在以木为构架的器皿表面上漆，就做成了涂物。尽管乍一听这是理所当然的，但需要注意，其中也有一些例外。有些器皿表面是漆，里面却是塑料，或者是用树脂黏合起来的木屑。

接下来，涂物还有最后一个要素，那就是"下地"。要解释这个东西是最困难的。如果请各位想象一下在木头上涂漆的场景，大概就是这种感觉吧：眼前有一个木型，用刷毛将液体涂料在它表面刷上好几层。

可是，真正的涂物工序中，有很大一部分都与那种抹油漆的印象截然不同。"下地"也是制作涂物的一道工序，它的本质是创造器皿的形。

为了造型，就要将漆和土粉之类的东西混合起来做成糊状，再用木刀像抹泥灰一样打上厚厚的一层，说白了就像泥瓦匠做的工作。根据下地涂抹的厚度和手法，器皿的形状会有多样的变化。

如果将涂物的三要素比喻为人的身体，可能会更好理解。"上涂"相当于人体表面的皮肤，"木地"相当于骨骼，而"下地"则相当于肌肉和脂肪。即使是相似的骨骼结构，也会因为肌肉和脂肪多少的不同而有胖有瘦，让外表看起来全然不同。

木地 = 骨

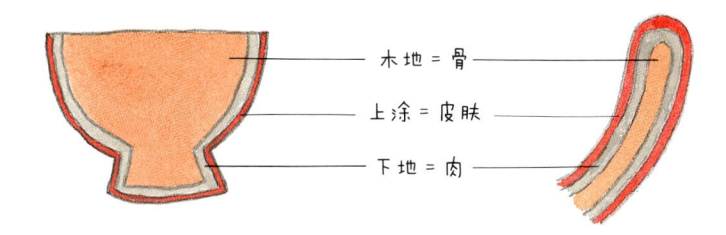

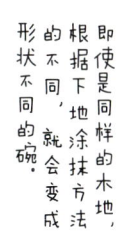

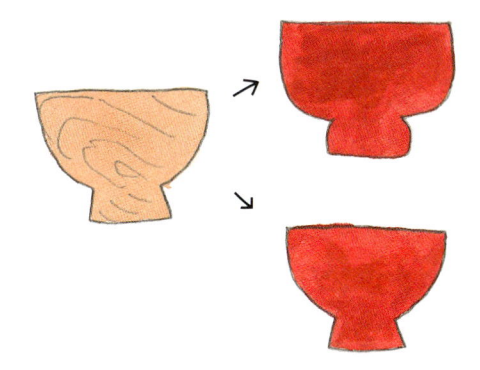

上涂 = 皮肤

下地 = 肉

即使是同样的木地，根据下地涂抹方法的不同，就会变成形状不同的碗。

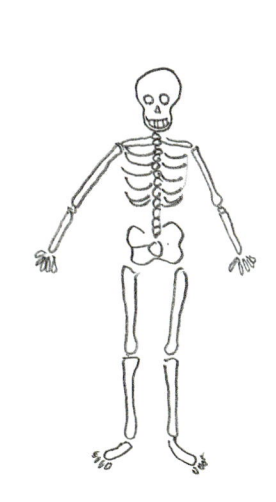

就像每个人都有着相似的骨骼结构，却会因为肉多少的不同而表现出不同的体形。

讲座：什么是涂物

木地的工作

在分工较为发达的漆物产地，存在着专门为涂物制作木地的匠人，他们被称为"木地师"。在轮岛，根据木地的种类，还有四种不同的木地师。接下来我会逐一进行介绍。

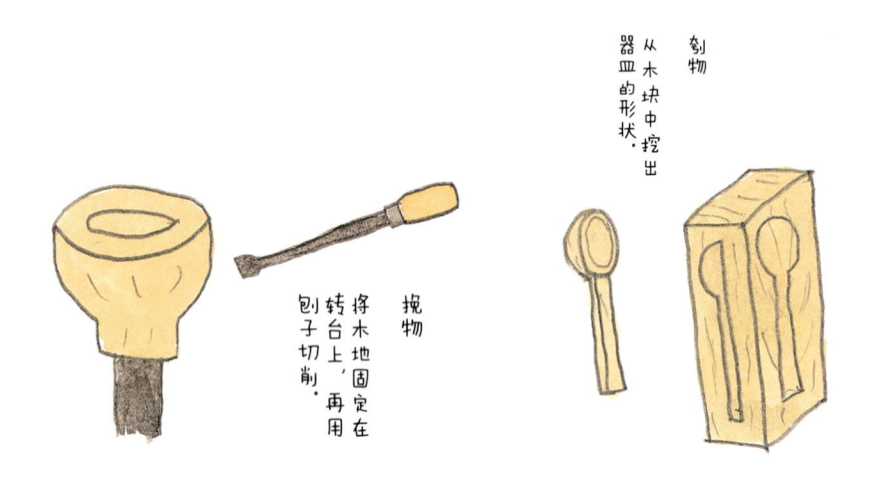

挽物 ○ 碗木地师

将材料固定在转台上，一边旋转一边用工具切削出器皿的形状。主要制作碗、钵、盘、茶托等圆形器皿的木地。匠人手持工具切削木地的方法被称为手削转盘。把工具也固定在机械上，沿着设定好的轨道进行切割的方法被称为旋盘转盘。轮岛的木地师主要使用榉木材料，其他主流材料还有银杏木、山樱木等。

刳物 ○ 朴木地师

使用凿子和锥子，从材料中挖出木型的工作。与转盘成形不同，从汤匙到大勺、片口的口缘，以及被称为猫足、鹭足的曲线形家具支脚等等，任何形状都能制作出来。在轮岛，工匠们主要使用朴木为材料，因此从事刳物工作的匠人都被称为朴木地师。除此之外，工匠们还会使用菲律宾贝壳杉木、桂木等材料。

将木板组装成盒子。

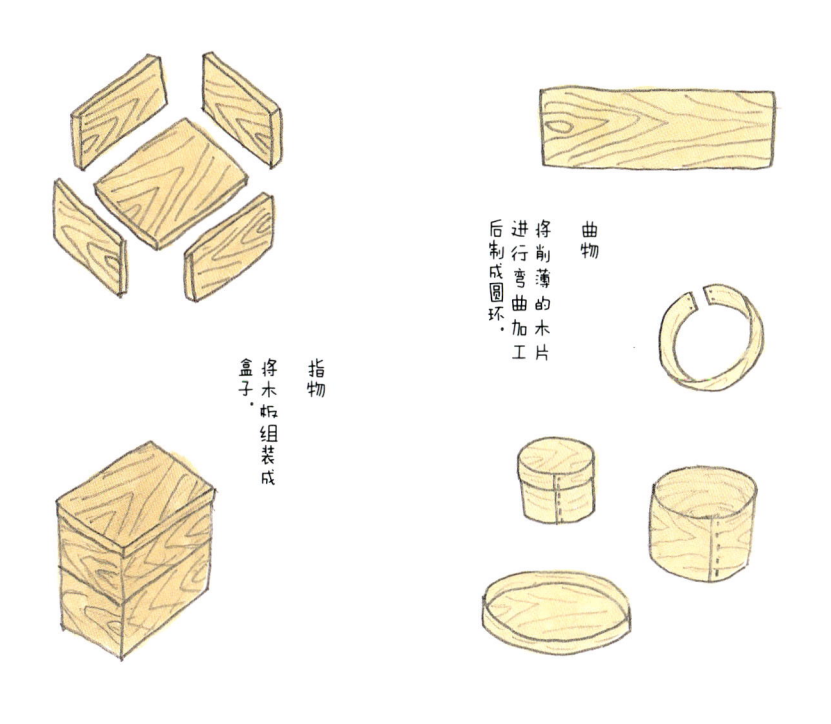

指物

将削薄的木片进行弯曲加工，后制成圆环。

曲物

指物 ○ 指物师

把材料加工成板状，再组装成形的工作。制作对象小到重箱、便当盒、膳台，大到架子和桌椅等家具。虽然上完漆以后会被遮盖，但制作连结板与板的木楔等工艺才是指物工匠的看家本领。在轮岛，匠人们多使用一种被称为档木的针叶木为材料，除此之外还有扁柏木等等。最近也常有人使用合成板材。

曲物 ○ 曲物师

丸重、圆托盘、饭桶等物品都是曲物。将沿着木纤维切割的材料削成薄片，嵌入模具中使其弯曲，再打上底板，就制成了环状的器皿。除了圆形便当盒之外，还可以调整模具，制成椭圆形的器皿。这一类匠人使用的材料主要也是能登产的档木，最近也常有人用合成材料作为底板材料。

讲座：什么是涂物

53

下地的工作

我将在这里介绍实际操作的工序。想必各位在看过以后，会惊讶于整套工作的烦琐程度。这套工序是石川县轮岛市出产的"轮岛涂"的基本制作方法，它的正式名称叫作"本坚地涂"。不过，这绝不是一套不容许丝毫改动的方法。根据产地和匠人的不同，制作方法也会出现微妙的变化，这才是手工艺的趣味所在。

1. 修裂纹 → 刻苧
由天然木材制成的木地，通常会分布有小裂痕和小坑洞。先用小刀将这些部分挖掉，然后再用榉木屑磨粉，混合米糊和生漆制成的刻苧漆填补进去，以强化木地的薄弱部位。

2. 磨刻苧 → 整木地
打磨刻苧部位，使表面平滑。然后整体打磨，整平表面。

3. 固木地
给整体涂一道生漆。生漆是将漆树树液滤除杂质后得到的东西。生漆渗入内部后，可以强化木地。

4. 磨木地
整体打磨木地表面。去除固木地时留下的斑纹的同时，还可以增强下一道漆的贴合度。

5. 贴布
为了强化上沿和高台等容易崩坏的部位，需要将棉、麻一类布料与米糊、漆混合后贴上去。漆在此时起到了黏合剂的作用。贴布与不贴布的部位会出现微小的厚度差。

6. 削布
用小刀打斜削掉贴布末端，抹平厚度差。

7. 附惣身
接下来，在所有无贴布的部位以木刀涂抹惣身漆，彻底消除厚度差。所谓惣身漆，就是将榉木粉碳化后制成的惣身粉与米糊、生漆混合成的糊状物。贴布和附惣身还有另外一个作用，就是防止木纹浮出器皿表面。

8. 研惣身
再次整平表面。虽然"研"与"磨"手

法一样，但"研"还包含了修整形状的成分。

9. 附一边地
接下来，就是下地的作业了。通过反复涂抹打磨下地，可以制作出器皿的优美线条。
首先，将低温烘烤的硅藻土碾成粉末，这就是被称为"轮岛地粉"的材料；然后，将地粉混入米糊和生漆中，制成糊状的一边地漆；最后，再均匀涂抹在整个器皿表面。

10. 一边地空研
对整体进行空研（不加水研磨）。在造型上，"研"与"涂"是同等重要的。

11. 附二边地 → 12. 二边地空研
与附一边地是基本相同的作业。使用地粉的颗粒要比附一边地时细。然后同样要进行二边地空研。

13. 附三边地 → 14. 三边地空研
使用比附二边地时颗粒更细腻的地粉。

15. 附四边地
使用的地粉比上一道工序更细腻。

16. 地研
造型的最后一道工序。仔细进行水研，制成最终形状。

17. 中涂
用荒味漆（去除杂质前的漆树原液）加热提纯制成的中涂漆均匀涂抹整体。中涂这道工序可以使后面的上涂工序涂抹的漆层更厚重。

18. 整研
仔细研磨表面，去除刷毛斑纹等瑕疵，同时不能破坏中涂的薄膜。

19. 拾锖 → 20. 锖研
将砥石粉与生漆混合成糊状，制成锖漆。用木刀填补到凹陷部位及形状不整的部位。待凝固后，用砥石单独研磨那些部位，修整形状。

21. 小中涂 → 22. 小中涂研
再上一道中涂，进行最后研磨。

23. 擦拭
彻底去除附着在器皿表面的污渍、灰尘。哪怕只有一点脏污，也会影响上涂的效果。下地的工作到此为止。

24. 上涂
最后一道漆。

1. 刻苎
在开裂处填入漆。

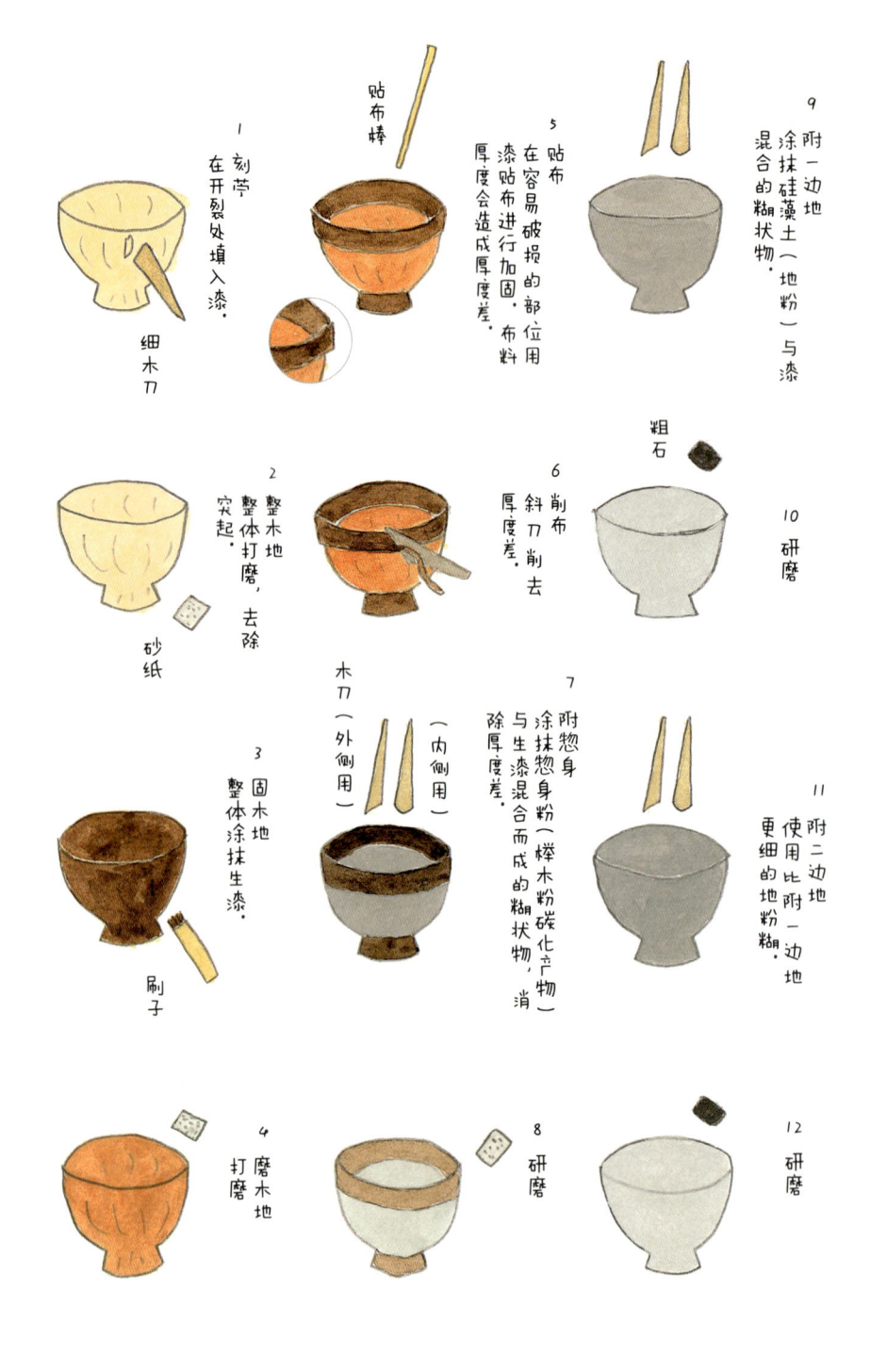

细木刀

2. 整木地
整体打磨，去除突起。

砂纸

3. 固木地
整体涂抹生漆。

刷子

4. 磨木地
打磨

5. 贴布
在容易破损的部位用漆贴布进行加固。布料厚度会造成厚度差。

贴布棒

6. 削布
斜刀削去厚度差。

7. 附惣身
涂抹惣身粉（榉木粉碳化产物）与生漆混合而成的糊状物，消除厚度差。

木刀（外侧用）（内侧用）

8. 研磨

9. 附一边地
涂抹硅藻土（地粉）与漆混合的糊状物。

10. 研磨

粗石

11. 附二边地
使用比附一边地更细的地粉糊。

12. 研磨

讲座：什么是涂物

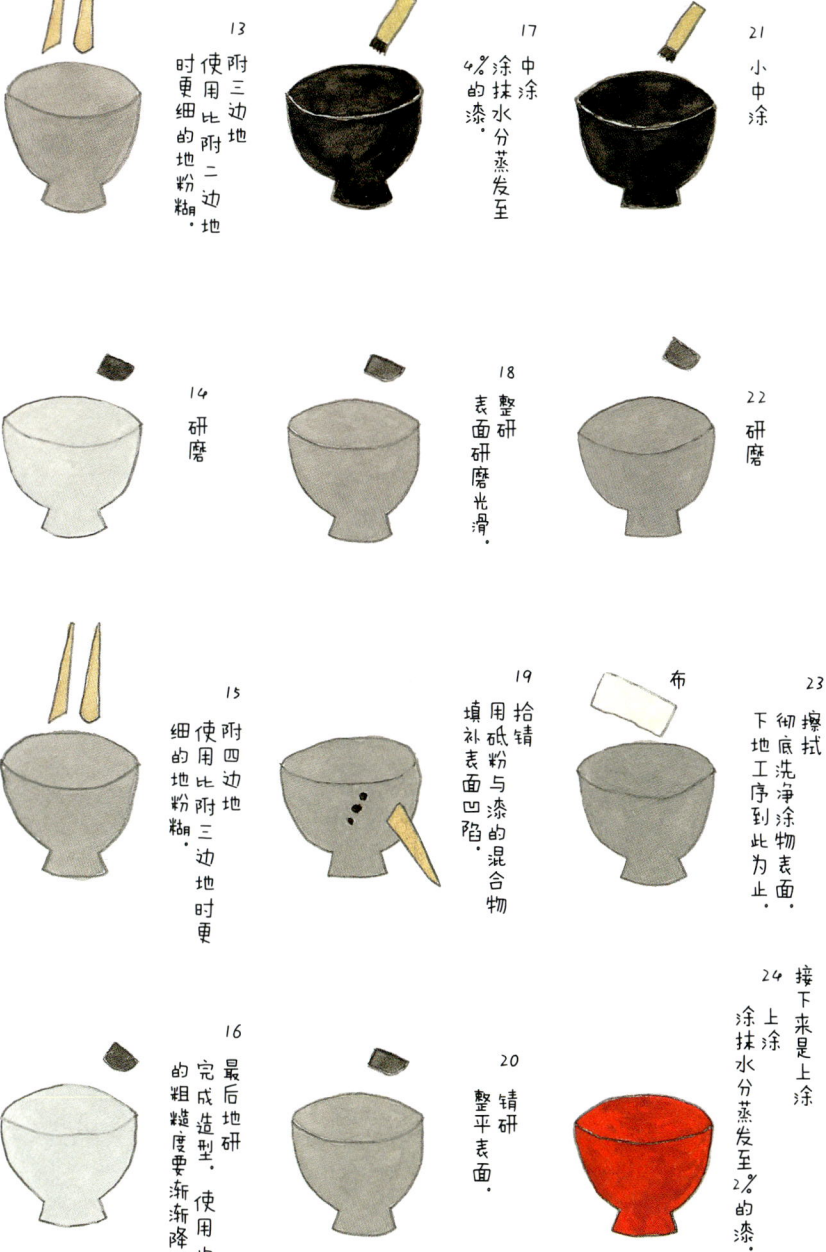

13 附三边地 使用比附二边地时更细的地粉糊。

14 研磨

15 附四边地 使用比附三边地时更细的地粉糊。

16 最后地研 完成造型。使用的磨石的粗糙度要渐渐降低。

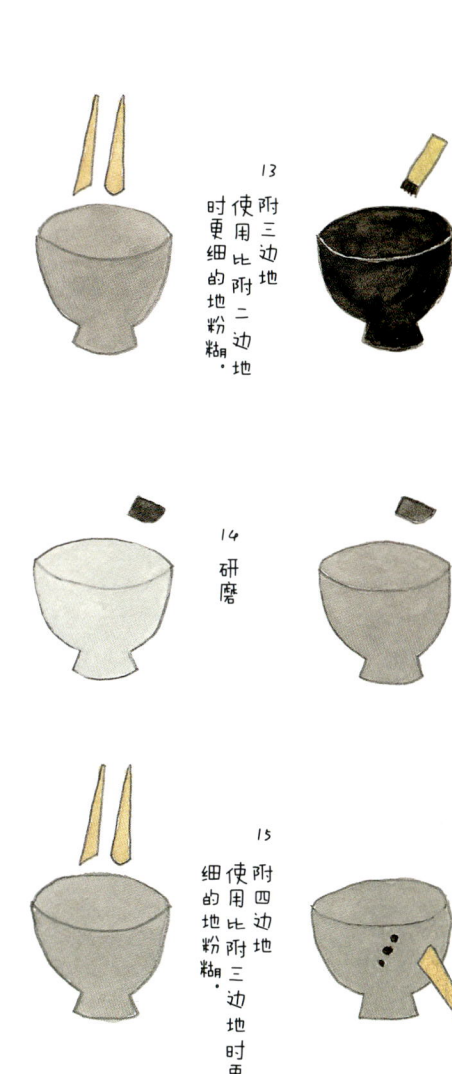

17 中涂 涂抹水分蒸发至4%的漆。

18 整研 表面研磨光滑。

19 拾锖 用砥粉与漆的混合物填补表面凹陷。

20 锖研 整平表面。

21 小中涂

22 研磨

23 擦拭 彻底洗净涂物表面。下地工序到此为止。

24 接下来是上涂 上涂 涂抹水分蒸发至2%的漆。

讲座：什么是涂物

57

涂师屋・艺术家・匠人

现在，我们先来看看漆物整体的生产流通过程吧。在轮岛，"涂师屋"发挥着关键的作用。坚固的轮岛涂在江户时代已经发展出自己的品牌影响力，顾客遍及全国。造访各个客户、接受他们的订单，回到轮岛，将工匠召集起来并指挥制作，这就是涂师屋主人的工作。涂师屋主人出入于各地富裕人家，吸收了当时流行的、风雅的文化回到轮岛。匠人们之所以能够在能登半岛尖端这片偏僻的土地上不断制作出紧跟时代的器皿，完全得益于涂师屋出色的策划运作能力。到了近代，物流事业越来越发达，部分涂师屋开始走上企业化道路，将制造的漆物供应到百货商店及零售店铺中。

与此同时，站在个人立场上创造作品的艺术家也登场了。其中大部分是莳绘或沉金的加饰匠人，他们不断磨炼自己的创意和技艺，参加公募展，接连获奖，最后作为漆艺家得到认同。他们虽身为漆艺家，但也只是负责部分工序的匠人之一。因此，除了自己专业的工序以外，他们还要找其他匠人订做其他工序部分。漆艺家的作品在以本人的名望为招牌的同时，也被纳入了以涂师屋为中心的销售体系中。

就这样，从高度成长期到泡沫经济崩溃时代，轮岛涂一直作为高级漆器畅销全国。可是，在那个无论做什么都能卖到高价的时期，许多涂师屋都忘却了漆物本身的功能，也就是"使用"。泡沫崩溃后，市场急速缩小，人们迎来了漆物不好卖，不知该制作什么的时代。

此时，在陷入困惑和挣扎的产地上，又涌现出了新的制作者。他们便是制作"涂物"的匠人。从他们的行动中可以看出，这些新匠人试图让漆物回到"使用"这一原点上。他们原本都是木地师、下地匠人，或负责其他工序的人。他们秉着对漆这种素材的热爱，明确"为何而做"，并抱持制作美品良器的笃定意志，在自己专攻的工序上亲自动手。对漆艺家来说，作品是他们进行自我表达的艺术形式，有原创的技术或原创的作品构思这点很重要。与此相反，匠人们的制作行为并不以自我表达为目的，其技术和创意的起源也

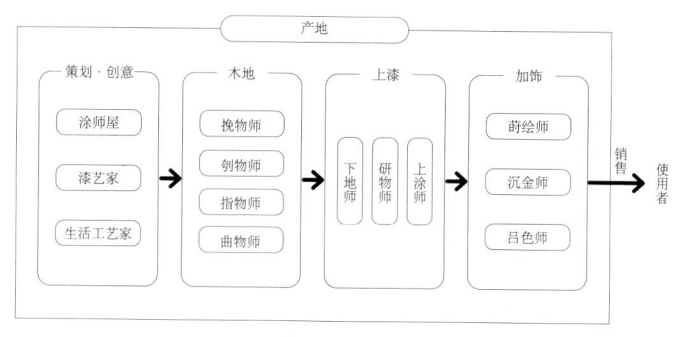

```
┌─────────────────────────── 产地 ───────────────────────────┐
│  ┌策划·创意┐   ┌ 木地 ┐   ┌ 上漆 ┐   ┌ 加饰 ┐           │
│  │ 涂师屋 │   │挽物师│   │下 研 上│   │莳绘师│           │
│  │ 漆艺家 │ → │刳物师│ → │地 物 涂│ → │沉金师│ → 销售 → 使用者
│  │生活工艺家│ │指物师│   │师 师 师│   │吕色师│           │
│  └─────────┘   │曲物师│   └──────┘   └──────┘           │
│                 └──────┘                                    │
└─────────────────────────────────────────────────────────────┘
                          分工结构
```

不来自制作者，在我看来，那更应该是来自于人们的生活和日常的点滴中。

那么，该如何定义这些人呢？英国陶艺家伯纳德·利奇把他们称为 Artist Craftmen，柳宗悦将其翻译为"作家匠人"或"个人作家"。不过，柳宗悦等人所提出的民艺作品都有着一股厚重、强烈而复古的气息，让人觉得那是远离了现代生活和现实的东西。既然如此，把那些与远离实用性的"美术工艺家（漆艺家）"相反、专门制作具有现代气息的美好生活道具的匠人们称为"生活工艺家"如何呢？此外，民艺领域还有"无名工匠"这种说法。但我认为，正因为是一名匠人，才更应该打出自己的名号，诚恳地工作。

在这样的环境下，不少涂师屋都秉着良心，默默地继续着质朴的工作。直至今日，他们依旧会与每一位客人面对面交流，制作人们需要的涂物。我认为，轮岛涂作为实用器皿的本来面貌，就留存在其中。这样一想，"涂师屋"和像我这样的"生活工艺家"之间似乎也就不存在什么差异了。只要按照各自的方法，不断制作好的涂物就行。这应该才是轮岛这个产地所具有的深远意义。

请各位看上图。大框表示产地，箭头指示了涂物的动向。制作一件涂物，每一道工序都被细分为不同工种，整个分工模式一目了然。而且，构成这个产地的所有人都能够在分工系统中发挥制作监督人的作用。

上涂的工作

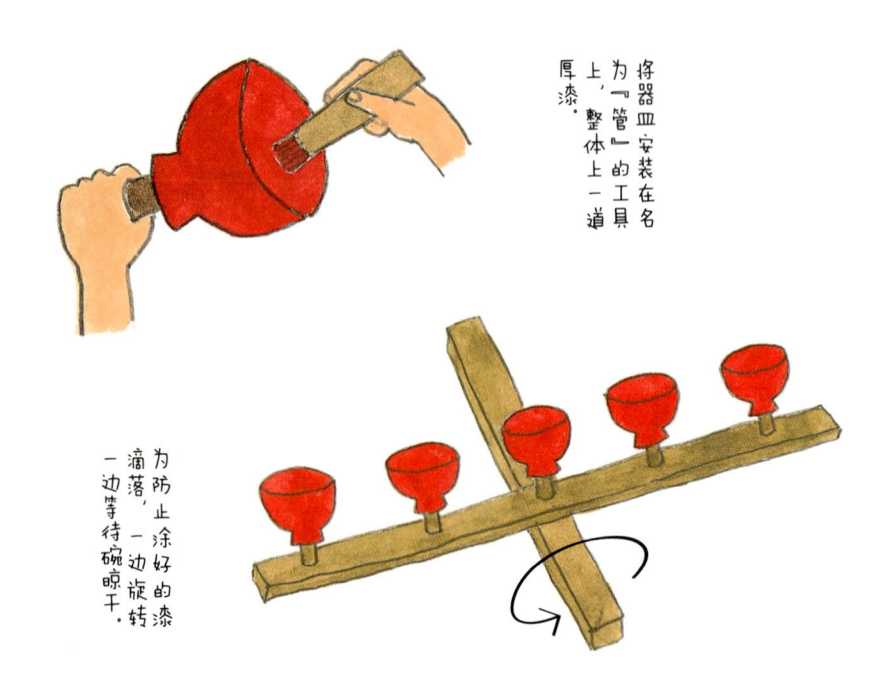

将器皿安装在名为"管"的工具上,整体上一道厚漆。

为防止上涂好的漆滴落,一边旋转一边等待碗晾干。

  下地之后就是最后的工序——上涂。在这道工序中,匠人们会给器皿上一道厚漆,形成漆层独特的温润丰盈的质感。为了能够使漆层变厚,"炼"是一道必不可少的作业。漆树树液原本是乳白色液体,凝固后会变成黑色硬块。不过,如果将树液加热提炼,就能制成茶褐色的半透明涂料,这道加工被称为"炼"。经过这道工序后,漆的干燥速度就会减缓,一次涂抹的厚度也会增加。最让人惊叹的是,"炼"这道工序早在绳文时代就存在了。

  由于漆是液体,涂抹后静置会导致漆液下滑滴落。防止这种现象出现可谓是上涂的技术关键之一。在轮岛,匠人们会把器皿固定在名为"管"的手持工具上操作,还会将其放入干燥专用的池子里,一边旋转一边等待其凝固。在此期间,哪怕有一颗灰尘粘了上去,都会破坏最终的效果。因此,这也是最为费神的工作。

讲座:什么是涂物

加饰的工作

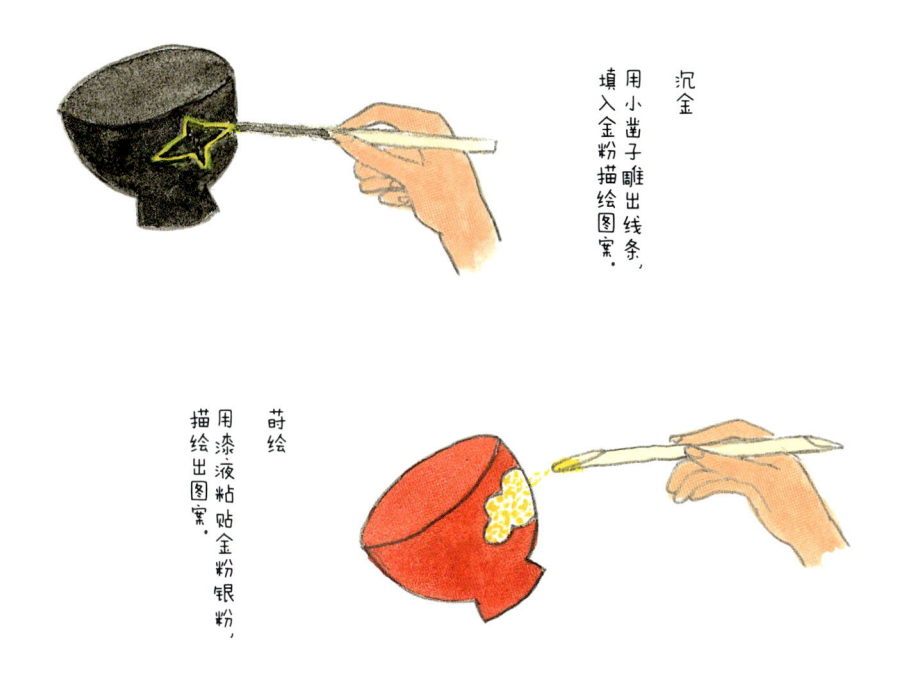

沉金
用小凿子雕出线条，填入金粉描绘图案。

莳绘
用漆液粘贴金粉银粉，描绘出图案。

只经过上涂的素色器皿被称为"涂立"。如果将上涂比作皮肤，涂立应该相当于素颜。在皮肤表面化妆的工序就是"加饰"。加饰包含了各种各样的手法，在轮岛则有吕色、莳绘、沉金三种。

这三种加饰分别由不同的专业匠人完成。

吕色师会对上涂进一步研磨，涂抹富有光泽的吕色漆，再用手掌细细打磨，制成镜面一般光亮的表面。莳绘师会利用漆的黏合力在器皿表面撒上金粉银粉描绘图案。沉金师则会用小小的凿子在上涂表面进行雕琢，再填入金粉描绘图案。

虽说是日常使用的涂物，也不能总是以素颜示人。

华美的加饰在使用时需要格外小心，这似乎有些偏向漆器的范畴，但加入了一些小心思的淡雅妆容，不也能为日常生活带来几分亮丽的色彩吗？

"轮岛地粉"的秘密

我们已经以漆产地——轮岛的器皿制作为中心，讲述了漆物的整个制作流程。想必各位也渐渐对漆物是什么有了一定了解吧。那么，"轮岛涂"又是什么呢？"谈到漆物时经常出现的名词。""给人一种高级和昂贵的印象。""表面总会有豪华的莳绘图案。"这样的想法肯定会有不少。然而轮岛涂与京涂、会津涂、越前涂这些其他产地的器皿又有什么区别呢？各位一定不太清楚吧。我认为，现在是时候给出答案了。

请回想一下此前介绍过的涂物三要素：木地为骨，下地为肉，上涂为肤。加饰则相当于化妆。

每个产地使用的木地材料、采取的成形方法和上涂方法都会有所不同。轮岛最具特色的就是下地材料。上文介绍下地工序时也有提到，匠人们是使用"轮岛地粉"与下地漆混合的。地粉以硅藻土为材料。硅藻土是硅藻死后沉积在海底形成的土层。能登之所以存在硅藻土层，想必是因为它是海底隆起形成的半岛。加工时先把硅藻土烧干提纯，再碾成粉末状就成了地粉。在显微镜下观察地粉，会发现细小的颗粒中含有许多更为细小的空洞。地粉的秘密就在于这种多孔结构。与漆混合时，漆液会渗透到一个个空洞中，将每一颗微粒牢牢地黏合在一起。

按照一般说法，地粉是江户中期被轮岛匠人发现并制造使用的。但江户时期之前的文物中也发现了地粉使用的痕迹，因此它的历史可算是十分久远。现在看来，至少在江户中期，使用地粉制作的结实下地就已经是轮岛涂享誉全国的金字招牌了。当时轮岛制作的主要是整体大红无纹样的碗膳套件。那些虽不是平时使用的东西，却作为频繁举行的法事的供奉器具被人们代代相传，依旧可算是实用物品。只有这样实际去使用，才能发挥出轮岛涂下地结实的优点。

邂逅真正的漆物

这里介绍的制作工序虽是轮岛普遍使用的方法，但实际上，这只是多种多样的涂物制法之一罢了。当然，使用了地粉的本坚地虽是十分优良的下地，却也并非唯一正统的技术。轮岛的下地有其长处，也有其短处。无论多么坚固，凡是达到了一定厚度的下地，都不可避免地会出现部分缺裂、剥落的可能性。这样一来就有匠人会想，干脆不用下地，一层一层地涂漆不是能做出更坚固的涂物吗？与此相对，也有许多匠人跟我一样，在接受下地缺陷的同时，努力发掘它在造型方面的意义。此外还有匠人主张，具有隔热效果的下地可以保护不耐热的木地，因此应该使用下地。轮岛之外不使用地粉的产地里，更一直都有掌握着其他独特技术的人们。

换句话说，只要秉着认真诚恳的心态审视漆这种素材，一百个匠人心中就会有一百种处理方式，诞生出各自独特的技术和相应多种多样的漆物。

不过在1975年，旧通产省将轮岛涂认定为传统工艺，轮岛涂的技术本身成了国家保护的对象。当时，只有进行贴布工序，使用了轮岛地粉的本坚地才能被承认为轮岛涂。我觉得只是这样倒也还好，但与此同时，"轮岛涂以外皆非漆物"这样的排他性风潮也在轮岛蔓延开来。为此，漆本来具有的多样性和活力都被扼杀，漆物成了冰冷僵化的东西。事到如今，是否应该重新对其投以思考的目光呢？

也许有人会问，在漆本身的多样性中，该如何选择自己使用的器皿呢？这个问题的答案无疑会有很多，我认为其中之一就是使用者与制作者的邂逅。这个契机可以是器皿，也可以是人。请找到最适合自己心气的器皿和最能够信任的制作者。无论对方是涂师屋、漆艺家、生活工艺家都无所谓。至于邂逅的地方，可以是附近的画廊或器具店，也可以是超市的日式餐具卖场。若是有兴趣，还可以到产地去走走看看，当成一次旅游。

与漆共舞

　　涂物可以修理，这一事实似乎已经为众人所知晓了。我自己也开始接到越来越多修理旧器皿的工作。不过遗憾的是，我只能修理自己制作的涂物。因为不这样限定，修理的工作就会太多，让我没有时间做自己的本职了。

　　不过，在这个东西坏了随手就扔掉的快消时代，能看到人们渐渐产生修理修理再继续使用的想法，我还是挺高兴的。在那种时候，若是熟知器皿制作者，便能顺利地进行修理委托。

　　我在前面也曾提到，漆既是涂料，同时也是黏合剂，就算把漆碗摔成了两半也不用担心。或许有人会觉得难以置信，不过甚至还有人把不知怎么被压坏的碗拿来修理呢。就算变成那样，只要用漆黏合破裂部分，重新填补残缺部分，修整形状，再将表面重新涂漆，就能修复得像新的一样了。

　　日常使用的漆碗即使每天都用，也能使用十年以上。不过，如果觉得器皿有些老化了，可以送去做做保养维护。有时候，一些细微的裂痕和划伤只有专业的工匠才能看出来。

　　想必有人会担心修理费用。我觉得那绝对比再买一个新的要划算得多，而且若是请原本的制作者来修理，应该还能获得很大的优惠。作为制作者，只要一眼便能看出自己制作的东西在使用者家里的境遇如何。一旦看到自己的东西得到了珍惜，就会像看到孩子婚姻美满的家长一样欣慰不已。

　　这个时代是个大量生产大量消费的时代。人们大量使用无名制作者产出的东西，过后又大量丢弃。

　　我们都不知不觉地被卷入了这样的生活方式，或许是时候对此产生一点抵触心理了吧。食器餐具是最贴近我们身体的生活道具，哪怕只有一件也好，何不从现在开始，转而选择采用最自然的素材、以传统手法打造而成、看得清每一名制作者的物品呢？然后小心仔细地使用，让它陪伴你走过漫长的岁月。这虽然只是非常微不足道的细节，却有可能成为新生活的开端。

与您常相伴的涂物,

若出现破损,

把破损处修补起来,

就能恢复原貌。

讲座:什么是涂物

赤木先生说，轮岛的鱼，日本第一。

轮岛涂的历史

传统轮岛涂＝沉金莳绘的豪华重箱？

非也，非也。轮岛涂似乎原本就是拙朴的素色器皿。在本章，两位谈话者就古老器皿的神秘魅力，以及可从中汲取养分的涂物的未来进行了一番讨论。不过在此之前，先让我们来看看孕育出那些器皿的轮岛这个地方的风光吧。

轮岛的魅力——早市与涂师文化

"大姐,来看看鱼吧。"

"买点儿干货吧。"

走在轮岛的早市上,会有各种人跟你搭话。到早市上贩卖当地鱼类和蔬菜的人,多数都是渔民的妻子或自己种田的人。将自己捕获的东西、自己种植的东西面对面地直接卖给客人,这种原始的经济形态依旧留存在这个地方。根据现存的记录,这个早市似乎早在千年以前就存在了。

从金泽往北一百二十公里,就算开车也要至少两个小时。虽然有大陆相连,但轮岛位于向日本海突出的半岛尖端,地如其名,确实给人一种从大陆分离出去的"岛屿"的感觉。或许正因为地域偏僻,轮岛才没有被卷入经济发展的大潮中,一直保留了传统的文化。

这,就是轮岛最具魅力的地方。

涂师文化应该也属于其中之一吧。江户时代有许多漆物产地在藩的庇护下发展起

[左图] 早市一角。轮岛早市是日本三大早市之一。

[右图] 建筑物内部进行了涂漆加工的民宿"深三"。

[左页 左图] 夕阳下的日本海。

[左页 右图] 随处可见这种充满风情的小路。

来，与之相对，轮岛却走上了一条独特的道路——半工半商。也就是说，工匠们扛着自己亲手制作的漆物到外面行商走动。这种匠人行商的贩卖方式正是现在轮岛涂师屋的起源。行商的对象不仅仅是当时新兴的豪商和富足的上层农民，也就是我们所说的武士等特权阶级，还包含了庶民阶级。因此，轮岛一直以来产出的都是虽不华美却坚固实用、散发着温暖气场的大气漆器皿。而支撑这一产业的，正是涂师与顾客通过面对面交易产生的信赖关系。因此，这种做法被一直延续到了今天。

可能也正因为如此，在多处漆物产地已经衰落的现在，轮岛却还能继续生存。

为了食用而捕鱼、种菜，为了使用而制作涂物；与客人面对面，骄傲地拿出自己制作的器皿，微笑着交到对方手上。奥能登的风土孕育出的轮岛早市和涂师文化，或许在更深层次里，存在着一种紧密的联系。

轮岛涂的历史

輪島崎町					冢本饅頭処	朝市駐車場 P	柚餅子総本
	住吉神社						
	神社西	神社前					轮
		いろは橋西			朝市通り		轮一
大崎漆器店		〒鳳至局		宮崎集古堂			
		鳳至町			イナチュウ美術館		
鳳至小前		上町通り		善龍寺			わいち通り
鳳至小学校				蓮江寺			
						河井町	
稲荷町	長楽寺		輪島漆器会館			河井小前	河井中
		新橋西	新橋東		249		輪島㕍
					莴屋漆器店		
				円龍寺	藹庵	馬場崎	
					河井小学校		
		市役所前			輪島高校西		
南町		輪島消防署	上新橋			輪島高校前	
堀町		輪島市役所				輪島高校	
				輪島市			
	二ツ屋町					文化会館前	
				きらめき橋		ふらっと（道の駅輪	

轮岛涂的历史

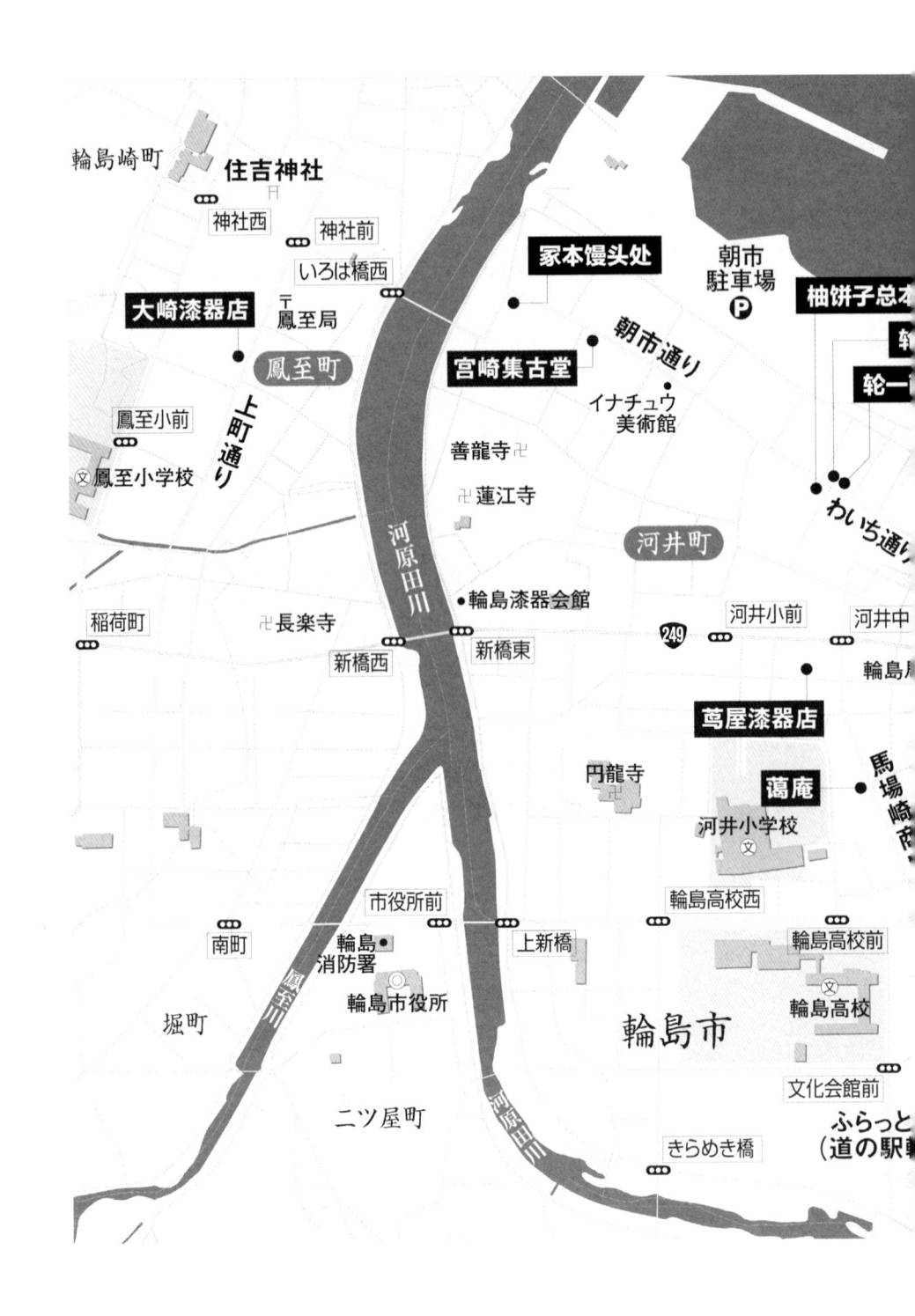

日本海

200m

N

中浦屋

器物

藤八屋

島工房長屋

うるし工芸
作品会館

民宿深三

蔵神社

妙相寺

重蔵神社

正覚寺　浄願寺

一本松公園

鴨高校東

駅前

能登空港↓

石川县轮岛市

河原田川：
横跨河流两岸的河井町，东侧是早市大道，西侧是充满旧时风情的凤至町。

早市大道（朝市通り）：
早上八点到临近中午时分会摆出早市。也是轮岛的主要观光胜地。

重藏神社：
历史悠久的神社，深受附近人们信仰。一月举办的"面样年头"被指定为日本重点无形民俗文化财产。

住吉神社：
从下午三点半到日落时分，神社内部都会摆出晚市，人群熙攘。

轮一大道（わいち通り）：
从早市通往重藏神社的路。与早市大道有着不一样的风情。

轮岛涂的历史

71

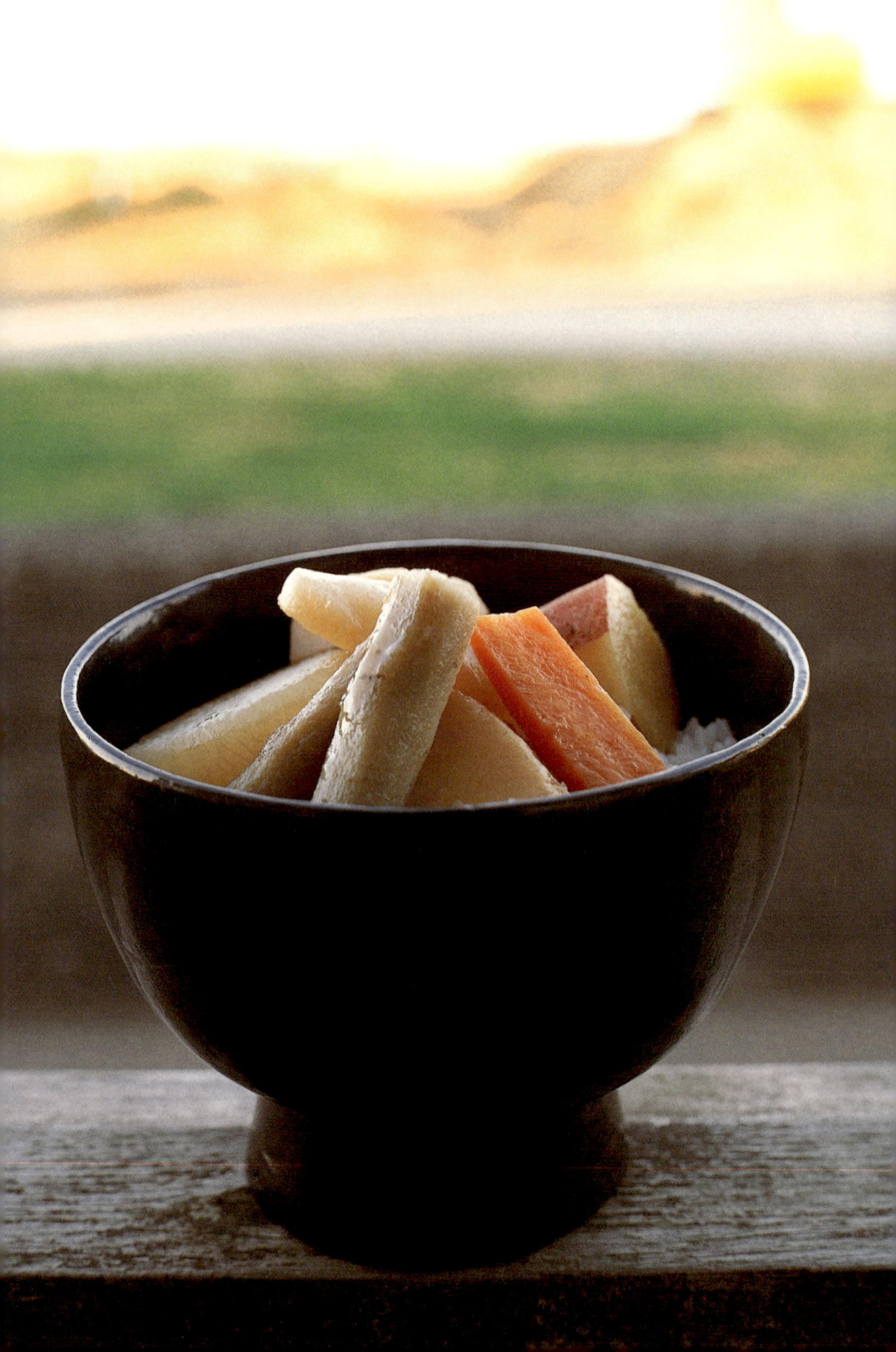

合鹿碗之谜

合鹿碗外表厚重而充满乡土气息。有说它是用来装盖饭的,也有说是用来供奉的。试着把两种用法都体验了一遍。

[左页图] 江户中期 高 10.5cm,口径 13.5cm   [上图] 江户初期 高 10.0cm,口径 13.0cm

轮岛涂的历史

合鹿碗是什么

高桥　此前也提到过好几次,其实我想知道,合鹿碗到底是什么呢?

赤木　合鹿碗是一种非常不可思议的碗。要说哪里不可思议,就在于它的大小。那是直到明治时期都在旧柳田村(现能登町)一个叫合鹿的村落制作的碗,这么大的碗能保存到近世以后实在是难得。之所以这么说,是因为一开始日本人的主食主要是粥和杂炊,所以饭碗的尺寸会比较大。后来大米的生产种植能力上升,所有人都能吃到白米饭了,人们的食物更加多元,因而在近世以后,饭碗的尺寸变得越来越小。尽管如此,我们说的合鹿碗以及飞驒的五郎八碗这两种碗,却一直保持着惊人的尺寸,一直发展到了晚近时期。其实,合鹿碗这种厚重粗犷的乡村气质,与我心中的轮岛涂是有所关联的。很多人都觉得轮岛涂是那种纤细光亮,让人不太敢触碰的东西,但那只是近代以后发展出来的风格,我认为,轮岛原本就是生产合鹿碗这种温柔而有力的器皿的产地。

高桥　那么,您认为轮岛的根在于合鹿吗?

赤木　目前还没有关于轮岛涂起源的非常科学的调查。不过,轮岛很多旧碗中都透露出几分合鹿的气息,我觉得这恐怕是有点关系的。合鹿这个地方一直以来都是木地师的村落,而木地师从中世到近世都被赋予了迁移的自由。他们会走遍整个日本,在深山中寻找木材,有时又会住下来专心制作木地,之后继续踏上迁移之路。有人说,现在所谓的"隐密"[1]原本也是木地师,那些木地师最后就在能登各地,比如柳田这样的地方定居下来,说不定轮岛木地师的根源也是那里。还有另一个传说,说轮岛涂来源于纪州的根来涂。丰臣秀吉烧毁了根来寺,制作漆物的和尚们散落全国,其中一部分定居在了轮岛,这就是轮岛涂的起源。不过根据考古记录,早在那以前轮岛就已经在生产漆物了,所以实在是不好说。

高桥　合鹿碗是饭碗吗?

....
1 指忍者一类替主君执行秘密任务的人。

赤木 是的，不过究竟是谁、在什么场合使用，那就不太清楚了。有人说合鹿碗是日常使用的，被牛马贩子一类的下等劳工用在荒郊野外连饭带菜一起装盛；也有人说那是每月 28 日亲鸾命日到寺庙吃斋时用的东西。我个人感觉那应该不是日常用的东西，而是后者那样只在特殊的日子里使用的碗，但无法做出定论。

高桥 单纯因为高台做得更高，就给人一种昂贵甚至神圣的感觉呢。不过与此同时，分量厚重也让人感到很安全，很接近平民百姓。相反，越薄就越给人一种高贵的印象。还有光泽也是，如果打磨得锃光瓦亮，就会让人觉得特别昂贵。反之，越是偏向哑光就越有一种容易亲近的感觉。我觉得这应该是一般大众的想法。不过现在残留下来的合鹿碗虽然高台很高，却是哑光而厚重的，形状也很柔和，没有锋芒。高级感和平民性，它同时拥有这两种气质，让人感到非常有趣。

赤木 是啊。让人自然而然地想到那是农民们在重要的日子里使用的器皿。

高桥 不过就像这次的尝试一样，把配菜一股脑儿都盖在米饭上，确实让人能够很自然地想到工人大叔大口大口吃大碗饭的画面呢。我好像说过，赤木先生做的三套碗（3 页）中最大的那个会被我用来装盖饭吃吧？果然很符合我这个劳动人民的特质（笑）。

赤木 唔，但我还是认为那可能是特殊日子使用的器皿。日本自从古代就有这样的神道风俗，他们会在特殊的日子里把饭盛得很高。也就是通过碗里堆成小山的米饭来摄取宇宙的能量这种感觉。

高桥 合鹿碗的这个尺寸可以把那些设想全都包含进来。怎么说呢，有种让人忍俊不禁的感觉。

八隅膳与宗和膳（江户 ~ 昭和初期）

赤木 轮岛涂的名声传遍全国，是从江户时代制作用于喜事和法事的、被称为"家具膳"的餐具套装后开始的。从平安贵族传到武士阶层的本膳料理，以及由膳台、饭碗、汤碗和使用碗盖充当取

轮岛品牌诞生
八隅膳

江户时代，膳日益普及。
轮岛作为制作坚固涂物的产地，也渐渐确立了不可动摇的地位。

约江户中期 边 35.5cm，高 7.5cm

轮岛涂的历史

轮岛品牌诞生
宗和膳

盛装的是轮岛传统素斋。
右后方是用饼米粉和天草制作的花饼,可蘸芝麻酱吃。

约昭和初期 边 33.0cm,高 14.5cm

轮岛涂的历史

膳碟的四件套餐具此时开始普及。不仅仅是轮岛，特别是一些城寨和大寺院坐落之处都有专属的工匠，几乎整个日本都有人在从事这种工作。那么，为什么其中唯独轮岛残存下来了呢？这点我前面也做了说明，是因为发现了"轮岛地粉"，从而能够制作出非常坚固不易损坏的下地；以及涂师屋直接行商贩卖自己制作的物品这两个理由。轮岛涂坚固不易破损，很快就在全国打响了名声。

高桥　这个八隅膳（76页）就是当时的作品吧？

赤木　如你所见，它跟现在的轮岛涂给人的印象截然不同，是素色简朴的器皿。八隅膳是平安时代到江户中期前后制作量非常大的膳台，在切去四边尖角的隅切形膳台上，四只碗组成一套餐具。照片里的四只碗中，玉缘（碗口平缓无卷翘）碗是最大的，剩下的碗都碗口向外卷翘，可以一个套着一个收纳。一些喜欢旧器皿的人管这叫"亲不反子反"，是非常罕见的形状。可能这套碗是模仿寺庙金属什器制作的吧，饭碗特别大，是常见于中世的造型。无论是玉缘还是端反，这些都是金属器皿特征的残留。

高桥　右边的膳台（77页）呢？

赤木　这个叫宗和膳。套件中的碗整体都缩小了尺寸。这个理由前面已经说明过了。与八隅膳相比，高度也有一定增加。这是飞驒茶人金森宗和（1584~1657年）最喜爱的形状。到江户中期左右，几乎全国同时兴起了这个热潮，让人不禁联想到如今普拉达在市面上的流行呢。

高桥　这也算是一种标志了吧？

赤木　没错。要买到一整套这种膳台，也就是二十人份左右，需要花费的金钱基本上能盖一座房子了。颜色虽然是朱色，但本朱（硫化水银）的价格实在太高，也有人会混入胭脂。

高桥　从设计感上说，我比较喜欢八隅膳。

赤木　宗和膳则是特别帅气的感觉。以前的领主大人会使用一种名叫"悬盘"的豪华四足膳台，宗和膳就是把那个设计极力简化的产物。平民百姓对上流阶级的向往，就这样体现在了器具的形状中。这同时也证明，那个时期的人们普遍都富裕了起来。轮岛也从开始的八隅膳转而制作宗和膳，并一直持续到了昭和年间。

沉金的兴起（江户）

赤木 在膳开始普及的同时，轮岛在江户中期以后，渐渐兴起了一种叫沉金的加饰工艺。轮岛开始涉足莳绘是近代以后的事情。82页右侧的重箱制作于江户时代末期，左侧应该是明治以后的作品，上面描绘着栩栩如生的沉金图案，整个重箱看起来非常华美。酒器套装（83页）是叠杯和七福神的沉金工艺，充满了轮岛的特色。

高桥 让人看一眼就觉得特别喜庆。

赤木 柳宗悦在昭和18年（1943年）写的《日本手工艺》中提到了轮岛，其中一处是说轮岛的柚饼子是日本最好吃的，另一处则是认为轮岛涂的巅峰只到明治初期，那以后无论是外形还是花纹都开始衰退。他说的确实没有错，我也认为轮岛涂最华美的时期是江户到明治这段时间，后来无论是外形还是美感都渐渐衰退了。在加饰方面，大正时期还存在像大崎漆器店的那样具有摩登特色的好作品，只是再往后，所有作品的外形和创意都在一味衰退。而且漆物本身也再也没有像以前那样被经常使用了。

高桥 难道不能搞到旧时的漆物吗？

赤木 在这里介绍的家具膳和重箱，都是从轮岛一家收集了许多古董漆物的"宫崎集古堂"借来的，其实那里还挺有人气的。还有，此次制作了素斋的是民宿"深三"的老板，"深三"的饭食都是用旧漆物盛装的，推荐各位到实地去体验一番。

重生之形（昭和后期）

赤木 进入现代以后，轮岛制作的碗和重箱的外形基本已经固定下来了，再也没有人对其作出思考和改良。只要给木地师打个电话，就能马上订购到宛如标准品一般的商品。这可能是因为近代以后，轮岛渐渐形成了一种尽量提高效率、让工匠无需思考便能制作的风气吧。这种风气又成了新的"传统"，这样就导致了漆物的外形越来越无趣，完全丧失了活力。

四套碗

76 页的碗叠放的效果。除了最大的碗之外，其他碗的边缘都是向外翻出的，非常罕见。后来这种形态的碗渐渐就消失了。

最大的碗：高 8.0cm，口径 13.0cm

高桥　如果是自己亲手进行创作，就会仔细思考每一个形状，下功夫去完善。毕竟有的形状是可以从人们的生活中自然而然获取到的。

赤木　我也认为这才是真正的造物。尽管如此，那时的造物却渐渐走向产业化，目的从"为了使用"转化成了"为了卖出去"，这样一来，就再也没有人愿意思考和完善了。到了现在，那种状态已经到达了一种无以复加的地步。不过也有很多人开始察觉，再这样下去是不行的。

高桥　确实，只要待在轮岛，就能感受到一种追求新事物的热忱。不过在看了实际制作的物品之后，还是会有种轻微的异样感，觉得其实没必要勉强追求生硬的摩登和设计感，甚至没必要执着于漆这一种素材。

赤木　那么问题就变成了究竟该怎么做。我觉得，答案就在我们脚下。只要想象人们刚开始在轮岛制作漆物时的光景就好了。换句话说，就是仿古。在此意义上，昭和

民宿"深三"的晚饭。这里使用的是大正、昭和年间制作的轮岛涂宗和膳的遗留品。
装有刺身的应该是以前用来放花饼的木碟。
店家将自己拥有的古老器皿完美地应用了起来。

时代的轮岛就出了两位非常厉害的涂师，奥田达朗和角伟三郎。

高桥　那位奥田先生是……

赤木　他是奥田漆器店的老板，自己负责的工序好像是上涂。他1932年出生于轮岛，1979年去世，年仅47岁，所以我并没有见过他本人。

不过，我倒是经常见到他的作品。我因为自己的展览曾经得到了去地方民艺的火窑参观的机会，在那里竟遇到了奥田先生的碗，还接到了修理的委托。那只碗实在是太棒了，是方方看过的所谓八隅四套碗的复制品，有一种特别大的感觉……

高桥　那种大并非实际的尺寸，而是指其中蕴含的精神性吧。

赤木　而且，我认为他一定还具有非常优秀的制作监督能力。我一开始以为那只是轮岛旧漆物的仿制品，可是

轮岛涂的历史

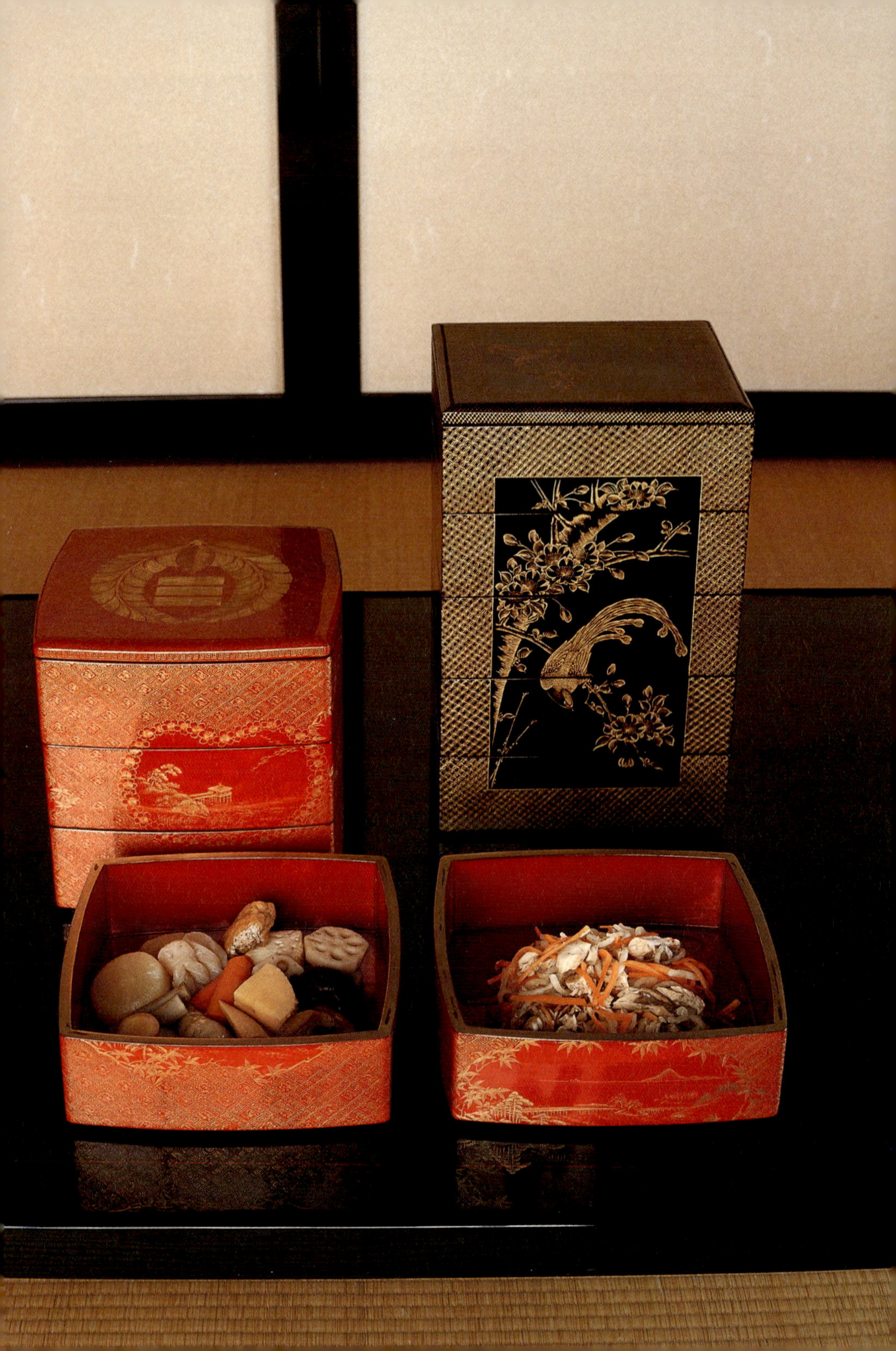

沉金之美
[左页左]明治初期的重箱
[左页右]幕末时期的重箱

盛装的是轮岛的乡土料理"鰤鱼烩"。

两者均高 34.5cm

[上图]江户时代的酒器套装

听到"轮岛涂",一般人应该会联想到这样的酒器和重箱。

高 55.0cm(从台底到最上方的酒杯)

轮岛涂的历史

酒杯

83页酒器套装中酒杯的俯瞰图，上面描绘着七福神。

听熟识奥田先生的人说，那是仿制了桃山时代器皿的作品。奥田先生眼中所见的，其实是那个时期最为优秀的作品。除此之外，还有仿制了岩手秀衡碗和飞驒五郎八碗的作品。至于合鹿碗，我认为，奥田先生是第一个根据研究者的发现，以工匠身份进行仿制的人。在进行这些工作的同时，奥田先生还建立了一个叫明漆会的全国性组织。这可堪称漆世界的民艺运动啊。

高桥　换句话说，奥田先生想要制作的，其实是能够在生活中使用到的优秀手工艺品吧。如果奥田先生能够长寿一些，漆世界想必就会变得跟现在大不一样吧。

赤木　很有可能。关于奥田达朗这个人，我自己也想进行深入的研究，或者说了解。

高桥　角伟三郎这个人，我们此前也提到过好多次。他也是轮岛的人吗？

轮岛涂的历史

不倒翁碗
角伟三郎晚年名作

模仿了尼泊尔长柄勺的形状。

高 9.0cm，口径 10.5cm

赤木 角先生原本是沉金匠人。在漆物开始失去外形之个性的时期，沉金和莳绘也脱离了单纯的花纹范畴，成了某种类似于艺术表现形式的东西。当然，这有当时时代背景的因素，不过角先生确实是能被称为"匠人艺术家"的旗手一般的存在。他与奥田先生截然相反，一度从"使用"这个范畴中彻底脱离出来。可是，他后来又发生了180度的巨大转变，重新回到了"使用"的世界中。那个转变的契机便是合鹿碗。

从那以后，角先生便开始思考"漆物究竟是什么"这个问题。所谓的漆物，不正是以手把握、以唇触碰的日常使用的器皿吗？于是，角先生在经历了这一转变后重新出发，构筑起了新的"涂物"世界。

高桥 这又回到了一开始的问题，合鹿碗确实是思考轮岛涂物时的关键词呢。

仿古
[上图] 饭碗
奥田达朗作

这件是奥田达朗仿制旧时合鹿碗的作品。
摄影：藤森武

[右页图] 重箱
角伟三郎作

角伟三郎是让以合鹿碗为代表的古老器皿的造型在现代重生的名家。前方是从收纳漆碗的箱子（后方）中得到灵感制成的曲轮重箱。中间是涂漆前的曲物木地。
高 25.0cm（前方）

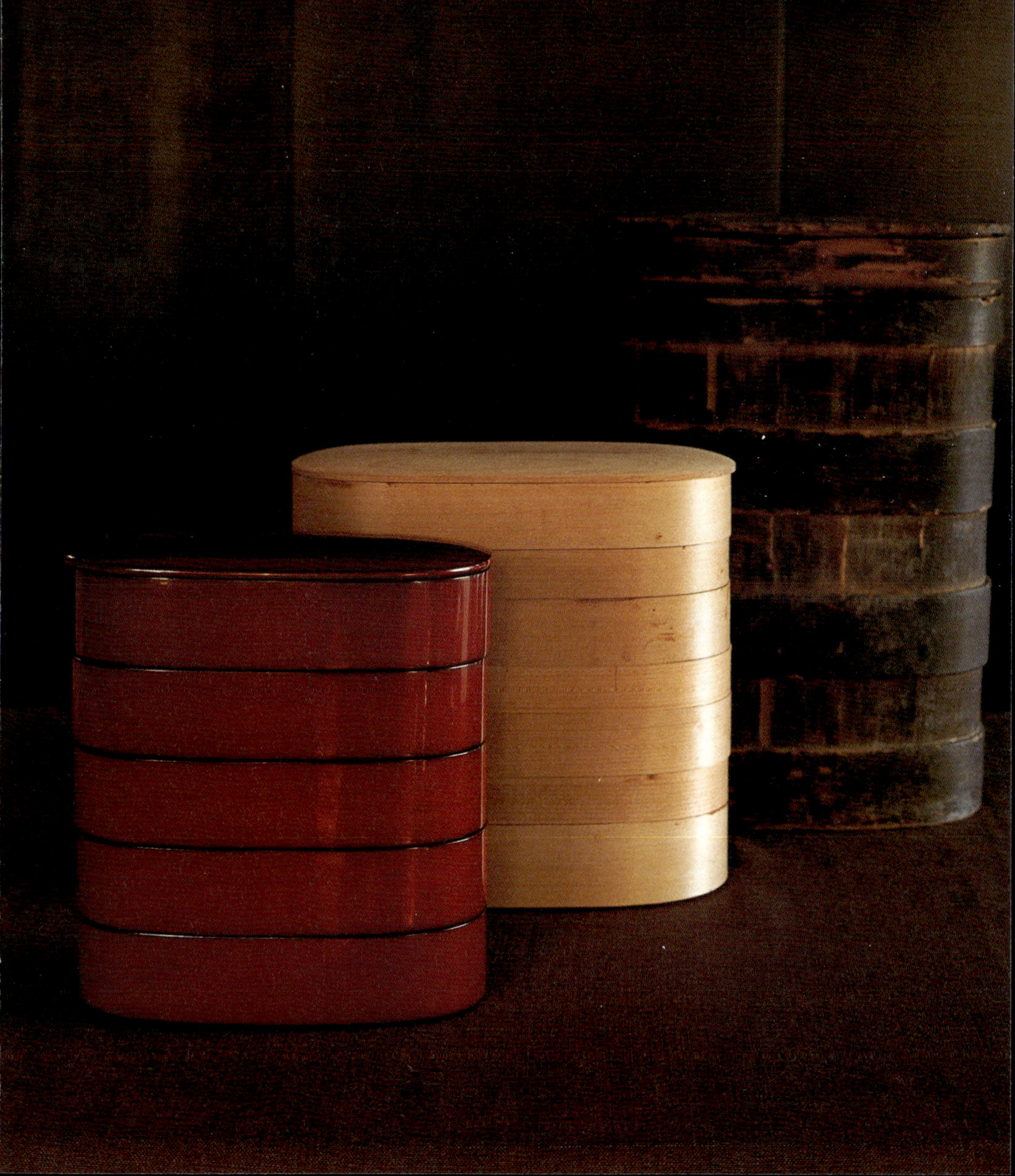

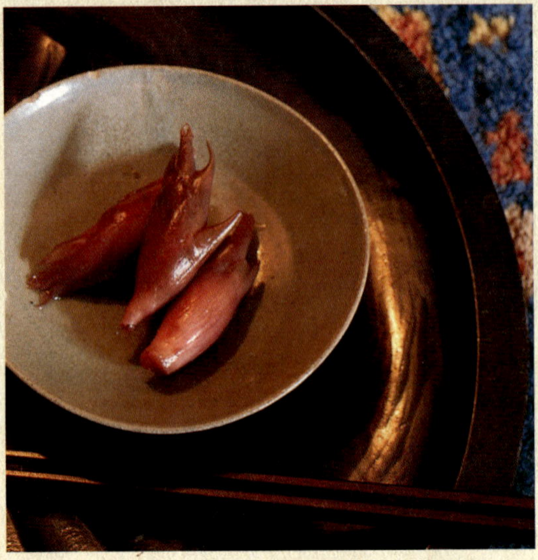

涂物为食

涂物的魅力绝不仅止于碗。托盘、便当盒、重箱和筷子……从传统庄重的贡品，到使用方便的器皿，这些涂物能让你的生活和心灵都温暖起来。

涂物为食

涂物为食

托盘是一定要的！
[上页图] 藤原盘

镌刻了菊花瓣图案的藤原盘是过去群马县藤原制作的器皿。直接放在地毯上，一个人斟自饮。这种低调而有味道的感觉跟酒器十分搭配。

江户时代 直径 39.0cm

托盘——单身生活的乐趣

赤木 高桥女士，继碗之后，你最想推荐的是什么呢？

高桥 我会推荐托盘。特别是对那些想开始单身生活的年轻人，不说别的，就想请你们试着用用托盘。

赤木 最近的人们都不太用托盘了呢。我也想过大家究竟是怎么搬送器皿的，不过仔细想想，现在很多厨房都有了兼作餐厅的功能，从水槽那里转个身就是餐桌了。或许，从厨房把器皿送到餐桌上这种事，已经渐渐不再是日常生活的一部分了。

高桥 在我长大的昭和三十年代可不是这样子的。母亲在家会理所当然地使用托盘，还说手盘（直接用手端器皿）是很不体面的行为，就算只有一只茶杯，也必须要用托盘来端。

涂物为食

托盘是一定要的!
托盘
仁城义胜作

小（左页左图）、中（上图）、大（左页右图）齐备的托盘。在赤木家，小托盘一个人用，大托盘可直接端过来放在桌子上，中托盘主要在匠人们的休息时间喝茶用。就算是大号的茶杯也能放上好几个一次性端走，着实是实用的好东西。

小：直径 27.0cm
中：直径 36.5cm
大：直径 53.0cm

赤木 没错没错，当时还有"手盘"这个词。

高桥 因为受到了那样的教育，我在开始单身生活时也就自然而然地先置办了一个托盘。不过除此之外，我推荐托盘还有一个原因。有时候我把自己的早餐端到桌上，突然会想，啊，不如就这样直接吃吧。也就是把托盘当成了膳台。

赤木 其实在现代，应该有更多人是那样使用托盘的吧。托盘原本就是从"折敷"衍生出来的。所谓折敷，就是将木材削薄制成的板子。过去的人们会把四套碗放在上面，端到席位上，然后直接当成膳台来用。也就是说，自古以来，托盘就具有运送和充当膳台的功能。

高桥 同样是垫在桌子上的东西，我一点都不推荐餐垫，而且，就像大桥步先生送了一个托盘给我那样，现在的我也想赠送一些漆托盘给年轻人。托盘是必不可少的。

赤木 不过虽说都是托盘，但也有大小形状之分。

涂物为食

时代根来风格的托盘
矢桥工房

矢桥工房将这种故意留下擦痕的设计命名为"时代根来"。

直径 36.0cm

高桥 从运送角度来看，边缘越高的托盘越方便搬运，而且无须小心翼翼。不过如果决定先买一个试试看的话，那就不仅仅要考虑搬运问题，同时还要考虑适合用来做膳台的边缘应该相对较低等细节。至于大小，一开始可以选择一尺（约30cm）左右的。然后可以随着生活来调整，家人变多后就换个更大的，喝茶用就选个小点的。在小小的托盘上放茶水点心是很有意境而且很有趣的事情。

赤木 我会在喝酒的时候把自己喜欢的酒杯酒器和小菜碟放到托盘上，这样就成了一个属于我的小小世界，我会不由自主地高兴起来。

高桥 说起来有点幼稚，其实我也在一个人生活时好好享受了一番用托盘构筑世界的乐趣。早上用小托盘喝茶，晚上在晚饭前匆匆做好晚酌的准备。

赤木 托盘和大都会的单身生活看似相去甚远，其实却不然啊。

装满就会很好吃，神奇的便当盒

[上]二层便当盒（和纸加工）
赤木明登作

拿到学校去也不会感到丢脸的小便当盒，是女儿在心灵敏感的成长期要求制作的。

长 16.5cm，高 10.0cm

[下]曲物便当盒（木地溜涂立）
赤木明登作

使用了档木，充满轮岛特色的曲物便当盒。

长 19.0cm，高 4.5cm

重箱也是器皿啊
[上图·右页图] 方形套钵
仁城义胜作

从木材中挖出碗木地后，利用剩下的薄木板制作重箱。这是将木材物尽其用后制成的器皿。盖上盖子就会变成上图这样。这种套盒式的收纳盒也有一些古董品。

边 19.5cm，高 19.5cm（收纳高度 8.0cm）

便当盒与重箱——家人共享

高桥 赤木先生会推荐什么涂物呢？

赤木 我会推荐重箱。不过在此之前，我们先来说说便当盒吧。其实有很多人会想要一个涂物便当盒。现在便当盒的主流材质是塑料，几乎没有正经的涂物便当盒。曲物倒是有挺多的，但不知为何，全都是聚氨酯涂层。我在前面也提到过，漆具有抑制杂菌繁殖的作用，还有一定程度的保温、保湿能力，用来做便当盒再合适不过了。

高桥 我很喜欢盛放便当的这类东西。还是高中生的时候，我就会带着春庆涂的便当盒到学校去。跟同龄人不一样，当时我就很喜欢一些低调成熟的东西，工作以后当然也是如此。直到现在，我都还会把早上剩下的早饭装进便当盒放在家里，中午回来的时候再吃掉。一点点往便当

重箱也是器皿啊

[98页图] 五寸五分重箱
畠中昭一作

外黑内朱的小型三段重。畠中先生是越前涂的上涂师。如此美丽的成品让人忍不住低声惊叹。下地是总贴布的本坚地。

边17.0cm，高15.0cm

[99页图] 丸重
茑屋漆器店

将轮岛传统丸重造型略加修改，使其更适应现代的城市生活。

直径17.5cm，高17.0cm

盒里装东西也有种玩过家家的感觉，挺开心的。我觉得便当盒真的很神奇，就算盛的是剩饭剩菜，经过了一段时间反倒会变得更好吃（笑）。

赤木 这个便当盒（95页上）是我家大女儿高中时用的。因为刻意缩小了宽度，可以竖着放进书包里。我内人以前每天都会为女儿做便当，而且每次都会拍照。

高桥 我一直以为那样会很累人，不过听起来好像还挺有乐趣的呢。

赤木 我也觉得。其实呢，在我心中，重箱跟便当盒是一样的。

很多人都认为重箱是只在正月过年时使用的东西。其实说白了，如果便当盒是给一个人用的，那么重箱就是一家人用的便当盒。比如运动会和赏花时节，全家人一起在外面吃饭，还有彼岸节（清明）装豆饼分给亲戚时。有时到朋友家做客，还能用重箱带些小菜过去。

涂物为食

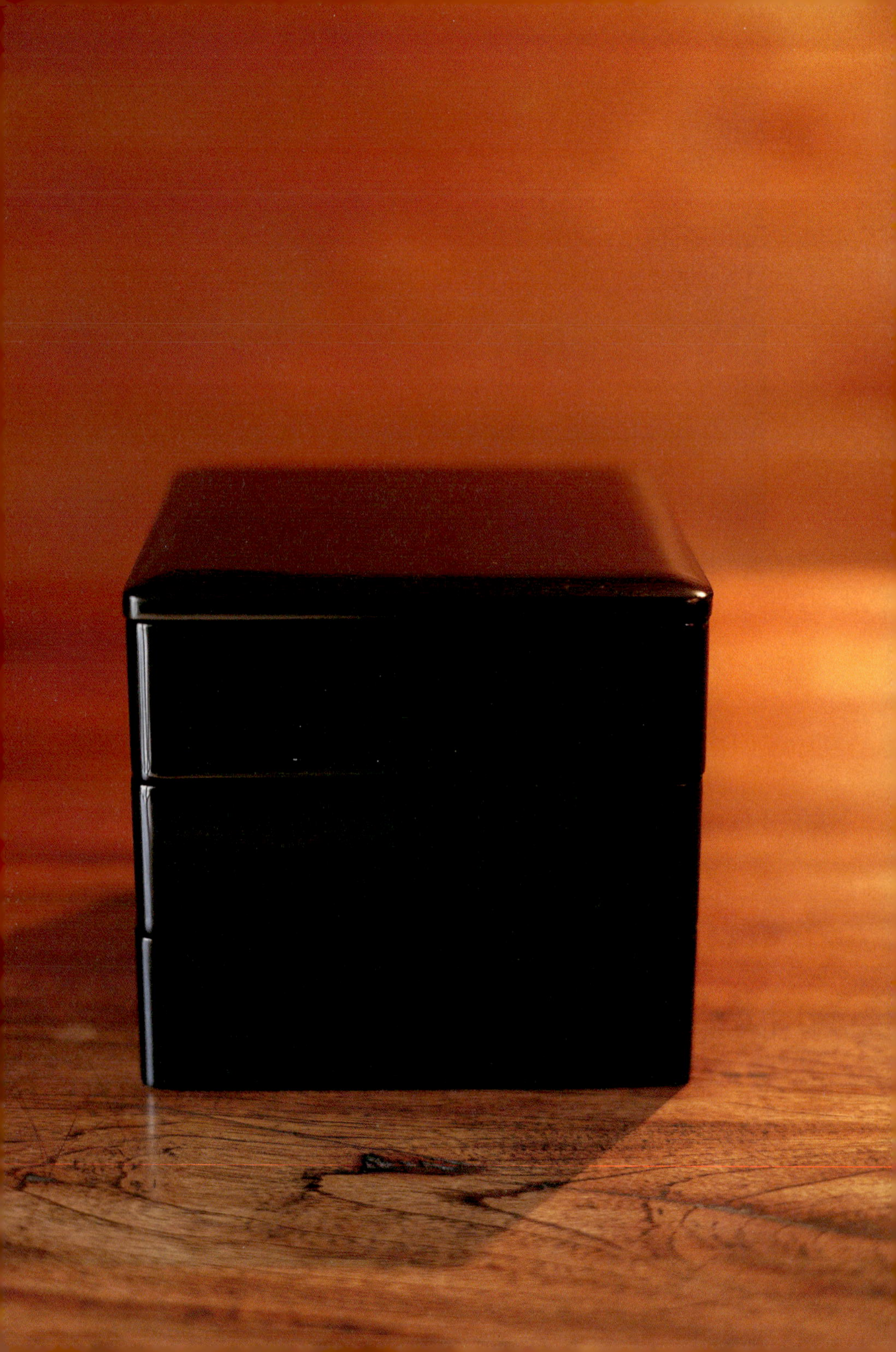

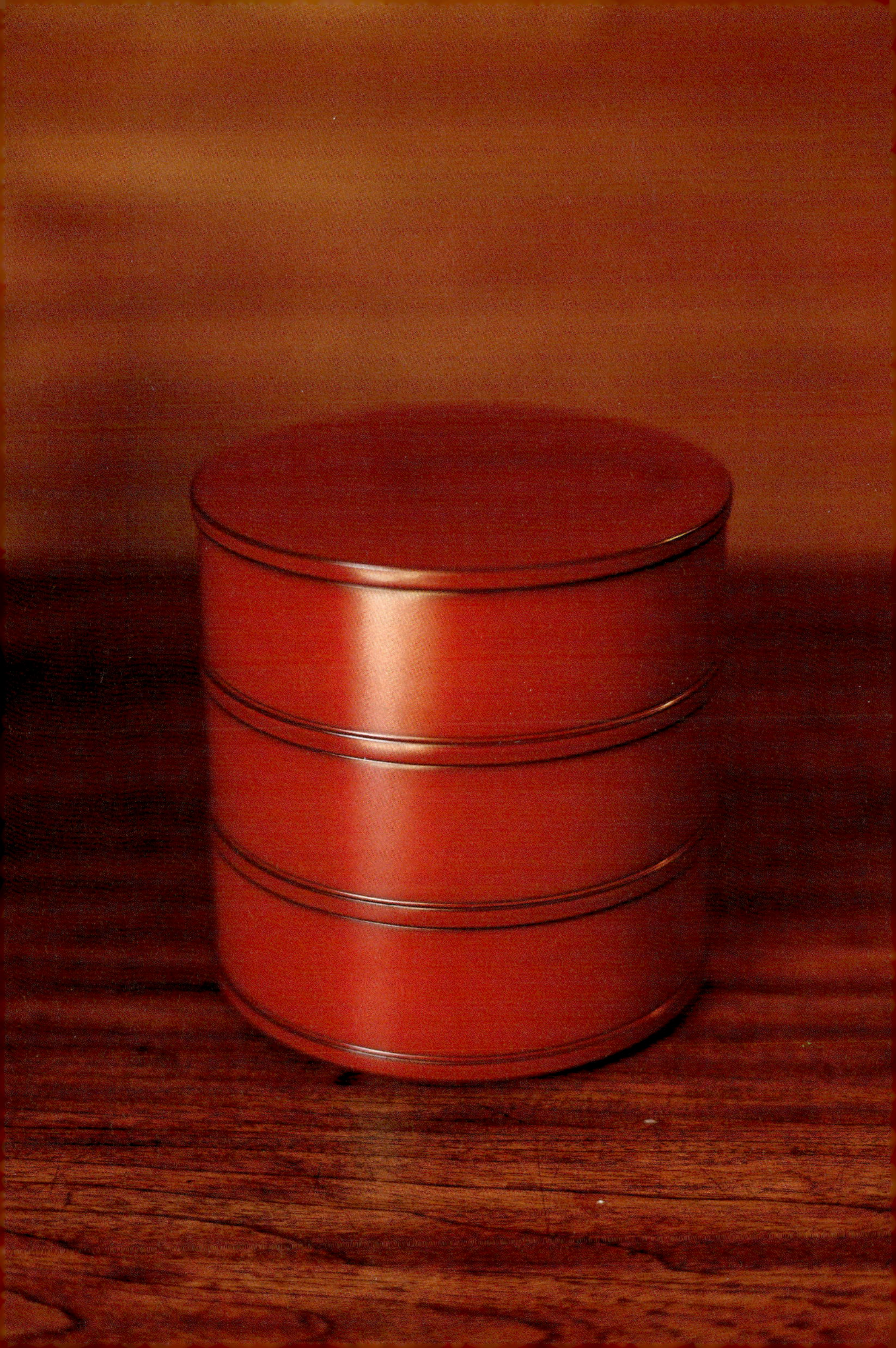

重箱也是器皿啊
附小箱二段重
长井均作

上层分为两半，无须担心有汤汁的菜品流出。乍一看像是创意制品，但其实是轮岛自古以来便存在的传统外形。利用贴布创造出不同层次。

长 24.0cm，高 11.0cm

高桥 被你这么一说我想起来了。运动会上吃的海苔卷和炸豆腐确实都是装在重箱里的呢。不过现在人们已经没有那种习惯了。

赤木 一家人的美好回忆中，必然存在着重箱的身影。等孩子长大离开家，结婚了再带着自己的孩子回来时，家里还用着同样的重箱……涂物可以一直使用好几十年。你不觉得，重箱是能够孕育出很多故事的美好器皿吗？

高桥 我虽然一直都很喜欢重箱，但从来没拥有过。毕竟重箱跟过年的印象实在联系得太紧密，分别在一重和二重里装些什么、怎么装，这种麻烦的抉择一直伴随着重箱的使用，让我觉得自己还太嫩，实在下不去手。不过这次到轮岛居民们的家中造访，让我的看法产生了很大的改变。一言以蔽之，重箱也是器皿啊。只要把它看成一件器皿，就能意识到，其实不仅仅是节庆等特殊日子，平时也是能使用的。

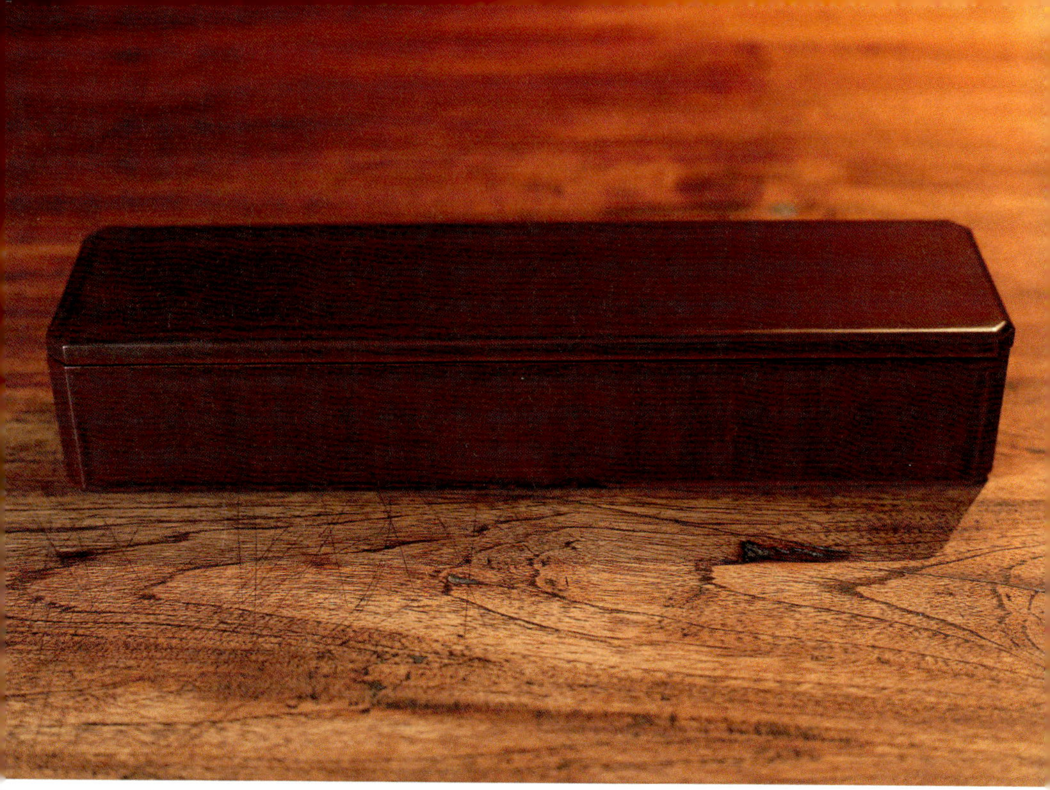
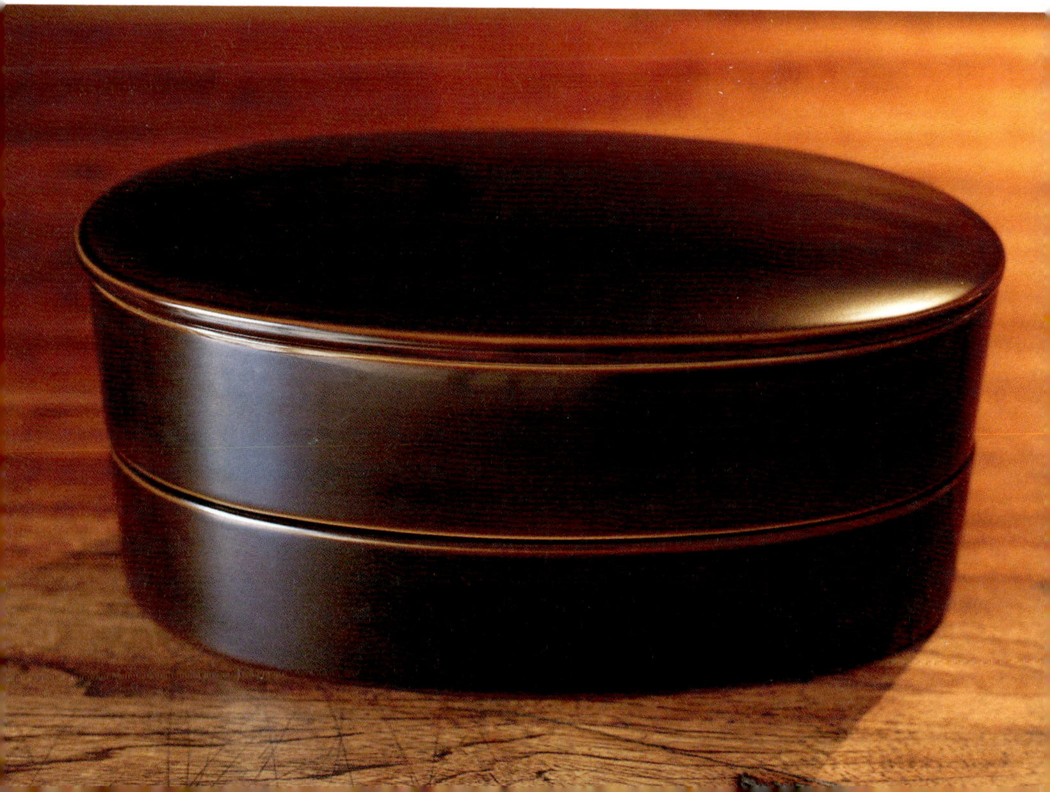

重箱也是器皿啊
[上页 上图] 长手箱
长井均作

这样的长度竟意外地方便摆放食物，而且还能叠上好几层。

长 32.0cm，高 6.0cm

[上页 下图] 椭圆重
四十泽木材工艺

四十泽先生是制作指物和刳物的木地师。最后加工的工序被称为黄溜涂，底下涂黄色，上面透漆。用久了就能呈现出一种深邃的风味。用来装手抓饭这种异国便当似乎也不错。

长 27.0cm，高 12.0cm

[右页 左图] 高田先生为爱女真衣制作的三套碗，是口径10.3cm，高 3.6cm的可爱尺寸。上面还有牙印和修理的痕迹。

[右页 右图] 平时会让孩子带米饭到保育园。莳绘是妈妈山口女士亲手描绘的。

赤木 家里要来客人的时候，我们会把可以放凉吃的东西事先装好，或者把每一层分别装上便当，在赏花或赏红叶的时候带上，每人一层分着吃。其实松花堂便当原本就是这样的吧。还有，将多余的饭菜保存起来也是重箱的一种用法。

高桥 这就是有盖器皿的魅力啊。

赤木 你喜欢什么形状呢？有正方形、长方形、圆形等各种各样的形状。

高桥 我比较喜欢正统的，所以更倾向于正方形。像畠中昭一先生制作的那种小号重箱（98页）也不错。以前的重箱都特别大，让人莫名其妙地有种不得不拼命将它装满的恐怖压力。

赤木 我问过一些使用者，他们说长方形的重箱更容易装。在这个意义上，长井均先生的"附小箱二段重"（100页）那种上下两层尺寸不同、带有长方形隔间的重箱应该会很好用。

高桥 要是被用长井先生的"长手箱"（101页）装着的重果子和应季和果子招待，肯定会有种受到礼遇的感觉，让人有点高兴呢。就算用它来装巧克力和西式点心，也不会让人感到异样吧。

赤木 如果是丸重，会不会就让人感觉没这么庄重呢？大崎先生家好像也是用的丸重吧（36~37页）。

高桥 关于丸重，正如我们在大崎漆器店的对话说的那样，如果只盯着器皿来想象，以我的烹饪经历是无法想到要往里面装什么的。

赤木 颜色呢？

高桥 畠中先生的重箱是外黑内朱的。如果内侧也是黑色，应该能够突出食物的色彩。不过如果是我自己用，我还是觉得这种朱红色的温暖色调更适合自己。话说回来，大崎先生家用的丸重内侧也是朱色的。说着说着，我更想要一个丸重了。

一人物一 孩子的涂物

木地师高田晴之先生与莳绘师山口浩美女士的家

赤木 高田先生是给我的碗制作木地的匠人。他的夫人山口浩美女士是一名莳绘师,两人有一个年幼的女儿。夫妻俩为孩子做了各种各样的涂物,每一个都十分可爱。

高桥 浩美女士说,这个便当盒的莳绘是她亲手描绘的。因为要带到保育园去,不能太朴素了,就画了很多可爱的图案上去。

赤木 或许有人会想,怎么能让小孩子用娇贵的漆器皿呢?但我认为,正因为是涂物,才更想让孩子使用。对待涂物的基本态度就是爱惜。把涂物交给孩子时,只要告诉他们,这是非常重要的东西哦,他们自然就会小心使用。我们家的孩子就是这样。只要用餐的态度小心仔细,生活的态度自然也会与之一致。涂物对一个人性格的形成也会有很大的影响。

高桥 听说高田先生为女儿断奶后第一餐制作的碗被扔出去摔成了两半(笑)。后来还是让爸爸给修好了。

赤木 是吗……不过既然是断奶餐,那孩子当时应该只有一两岁吧。孩子能够从那时候起积累各种经验,渐渐学会与物品的相处之道也很不错啊。

高桥 确实。我也认为给小孩子用涂物绝对是件好事。

高田家假日的午饭。

涂物为食

另一种口福

【匙】

轮岛桐本作
桐本家的本职是朴木地师，制作勺子类自然是手到擒来。制作下地时让边缘更饱满，然后进行中涂、上涂，形成温润的触感。那个看起来能当菜勺用的，是古董漆物的复制品。因为勺柄是弯曲的，可以挂在钵一类器皿的边缘。
① 勺子（小·黑）20.0cm / ② 贵具钵勺子（本朱）24.0cm

谷口吏作
会津的谷口先生本职是调漆，唯有在本职工作暂停的冬季，他才会将在山上采集的木材制成少量汤匙。
③ 小匙（黑）13.6cm / ④ 小匙（朱）15.0cm / ⑤ 莲叶匙（木地溜）15.0cm / ⑥ 匙（黑）18.5cm / ⑦ 匙（木地溜）19.5cm / ⑧ 匙（分涂）21.0cm / ⑨ 匙（黑）19.8cm / ⑩ 匙（朱）19.8cm

涂物为食

[箸]

赤木明登作
以紫檀和黑檀为木地，仅在箸尖拭漆加工。
① 丸箸（和纸加工）23.5cm ／ ② 角箸（和纸加工）23.5cm

福田敏雄作
外表纤细，手感很好，拭漆低调，适合日常使用。
③ 时地箸 23.0cm ／ ④ 拭漆箸 24.0cm

村山亚矢子作
村山女士是专于制作箸的年轻匠人。她会在箸身上描绘小小的图案，还举办过只有箸的个人作品展。
⑤ 点纹样豆箸 17.0cm ／ ⑥ 稻草箸 23.5cm

中野知昭作
两副作品都在箸尖时地做了强化。
⑦ 黑檀箸 23.5cm ／ ⑧ 利休箸 26.0cm

长井均作
跟中野先生一样，先涂抹粗糙的下地让表面呈现颗粒状，增加防滑功能。同时还进行了特殊加工，保证长时间使用后箸尖依旧能够不磨损。
⑨ 涂朱先干漆箸 22.0cm ／ ⑩ 大箸（菜箸）35.0cm

涂物为食

107

仁城逸景先生的小碟。

箸与匙——轻含入口

赤木 你有在使用漆筷子吗？因为这一类餐具是直接送入口中的，在我个人看来，还是希望能使用最为天然的材质。

高桥 从我小时候起，我家用的就都是漆筷子。不过在我印象中，漆筷子很容易打滑（笑）。

赤木 很多人都有同样的想法。也因为如此，像长井均先生和中野知昭先生这些匠人都会在箸尖留出一些粗糙的下地部分，让筷子不会打滑。不过我倒是觉得，漆筷子就是因为滑才显得好。

漆的表面其实跟人的皮肤非常相似，所以嘴唇触碰的时候感觉会很好。

高桥 我倒不是因为它滑就讨厌它。因为我本来就认

赤木先生初期的面包碟。
里面装的是轮岛著名的冢本馒头店的"糯米馒头"。

为漆筷子应该是这样的，用了这么多年也不觉得有多不方便。而且用塑料筷子或中国那种长筷子代替的话，又跟和食不太搭配，那种感觉反倒更让人难受。还是自己家的土地上孕育出来的东西用起来最方便了。

虽然这与家庭结构和生活习惯有很大关系，但在我家，经常会有客人过来串门，因此把利休箸或者涂了一点薄漆的竹筷子全都竖在筷筒里放着，更方便人们随意拿取。如果是人手一碗饭那样，固定的家庭成员分别使用自己的筷子的情况，选择的存放方法可能又会不一样了。

赤木 我觉得，日本器皿的本质应该在于隐去了作为一种物品的存在感。如果认为筷子是手的延长，那么让人忘却自己在使用筷子、嘴唇触碰时让人感觉不到筷子存在的东西应该更好。例如你说的竹筷，就有种过度的存在感。能够让存在感消失得恰到好处的，我觉得还是漆。另外汤匙也是一样。

涂物为食

109

玉文碟 角漆工房

角伟三郎先生的长子有伊目前继承了工房。
直径 14.0cm

小碟 仁城逸景作

逸景先生是仁城义胜先生的长子，刚刚入行。试着用这个小碟装了蛋糕卷（108 页）。
直径 14.5cm

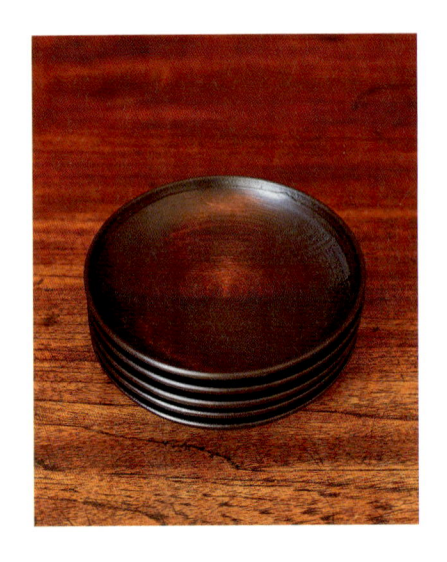

银杏碟（四寸/五寸）高田晴之作

以银杏木为木地进行拭漆加工的小碟只在接到订单后制作，据说大约六个月就能完成。
直径 13.5cm（四寸）

豆碟 大场芳郎作

木地溜的豆碟。木地使用栗木、椿木、梅木、榉木等。漆底略微透出留有刨削痕迹的木地。
直径 10.7cm

小碟 长井均作

榉木的小碟。长井先生说,还能用它来当茶托和珍味碟。
直径 11.0cm

布目正方碟（黑） 镰田克慈作

不要惊讶,尽管有着如此厚度,实际上却是十枚叠加而成。
与 23 页的碗一样,骨架并非木材,而是布。
边 10.0cm

豆碟 大宫静时作

用锥子雕琢,最终加工是黑溜涂和朱溜涂。端在手心里很是可爱。
最大直径 9.0cm

茶托 新宫州三作

从刳物的木地制作到涂漆加工,全部都由一个人完成。新宫先生也是年轻匠人之一。
边 9.0cm（现在制作尺寸以实际为准）

涂物为食

举个例子，用金属汤匙挖冰激凌送进嘴里时，会有一种金属的存在感。而放入口中的瞬间容器仿佛就消失不见了的这种惬意感觉，正是好的漆匙能够创造出来的。

高桥　口感好固然是一个优点，另外我还喜欢把筷子和勺子握在手中的温润感。尽管我不会想到用漆物来享用西洋风的食物，但诸如粥和汤这样的热食，我还是想用漆匙来吃吃看。

只可惜设计和实用感兼具的好东西实在太难遇到了。尽管我一直都在找。

赤木　我喜欢的是谷口吏先生的匙（107页）。不过老实说，匙的价格很贵。目前市面上大量销售的都是外国量产的便宜货色，如果真的要做出在日本能够被接受的形状，那就必须由刳物师一点一点亲手制作，因此成本也会直线上升。箸也面临着同样的状况，尽管非常费工夫，却很难把价格加上去。

高桥　既然如此，如果真的能找到适合喝粥的好漆匙，我就能很满足了。中国的莲叶匙用起来很麻烦，市面上常见的那种竹制产品又散发着一种让人觉得对身体不太好的加工气味。

赤木　我是用谷口先生的木地溜莲叶匙来吃粥和杂炊的。

现在人们庆祝孩子出生时都有赠送银餐具的习惯，但我觉得，换成漆匙其实也很不错啊。

高桥　我也这么觉得，漆匙那种温润柔和的感觉最适合婴儿和病人了。

小碟和豆碟——在福田敏雄先生家中学习

高桥　原来还有人制作漆豆碟啊。陶瓷豆碟用起来很方便，我经常用来架筷子。不过豆碟的外表也很可爱，要是能遇到喜欢的，买一套回来应该也不错。

赤木　比小碟还要小的豆碟。我们用它来盛酱油配刺身吃。

高桥　我还没用过漆小碟呢。我家也只有一开始介绍过的仁城义胜先生的小钵（8页）而已。

赤木　我们家这种三四寸大小的碟子主要都用来装小点心，不过同为匠人的福田敏雄先生家却很会使用小碟。所以关于小碟的话题，我们还是到福田敏雄先生那里请教请教吧。

福田敏雄先生与美和子女士夫妻。

赤木 刚才说到，这次来到福田先生家，是想向高桥女士介绍小碟的使用方法。福田先生是与我同行的下地师。我们这一行的工匠们春天会举行抓鳜虎鱼、秋天会举行钓六线鱼的活动，我经常跟福田先生结伴参加，而且也经常以此为借口一起开宴会。每逢那时候，他就会拿出许多小碟，那种感觉非常自然美好。

高桥 我一直认为小碟只是用来放点心的碟子，根本没想过要买，不过今天真正用来当了一回取菜碟，让我感觉亲切了不少。

赤木 漆非常耐受各种化学反应，所以无论是炸、炒这种多油的料理还是带有酸味的东西都能毫无压力地容纳。如果再用来当成平时分菜的碟子，应该能发展出更多样的用法吧。

高桥 福田先生本身就是个很亲切的大叔。而且这里摆放的全都是他亲手制作的小碟，让人觉得连他的作品也透着一股亲切的感觉呢。现在木工设计师三谷龙二的木器皿非常受欢迎，我觉得除了器皿本身的美好之外，也因为现在人们都在追求餐桌上的木制器皿的温暖感触。取菜碟一般只要有个六寸左右的和一个三四寸左右的就足够了，若将其中一个换成木制器皿，餐桌上的气氛应该也会发生很大的变化吧。

一人物一 取菜碟当选涂物
涂师福田敏雄一家

涂物为食

东道主为我们准备了一大一小两个取菜碟。

涂物为食

115

再来个钵吧
时代根来风铁钵
矢桥工房

矢桥工房原本只经营林业。木材都取自自己精心栽培的喙叶树。这个器皿也跟94页的托盘一样，属于"时代根来"风格。

高 12.0cm，最大口径 26.0cm

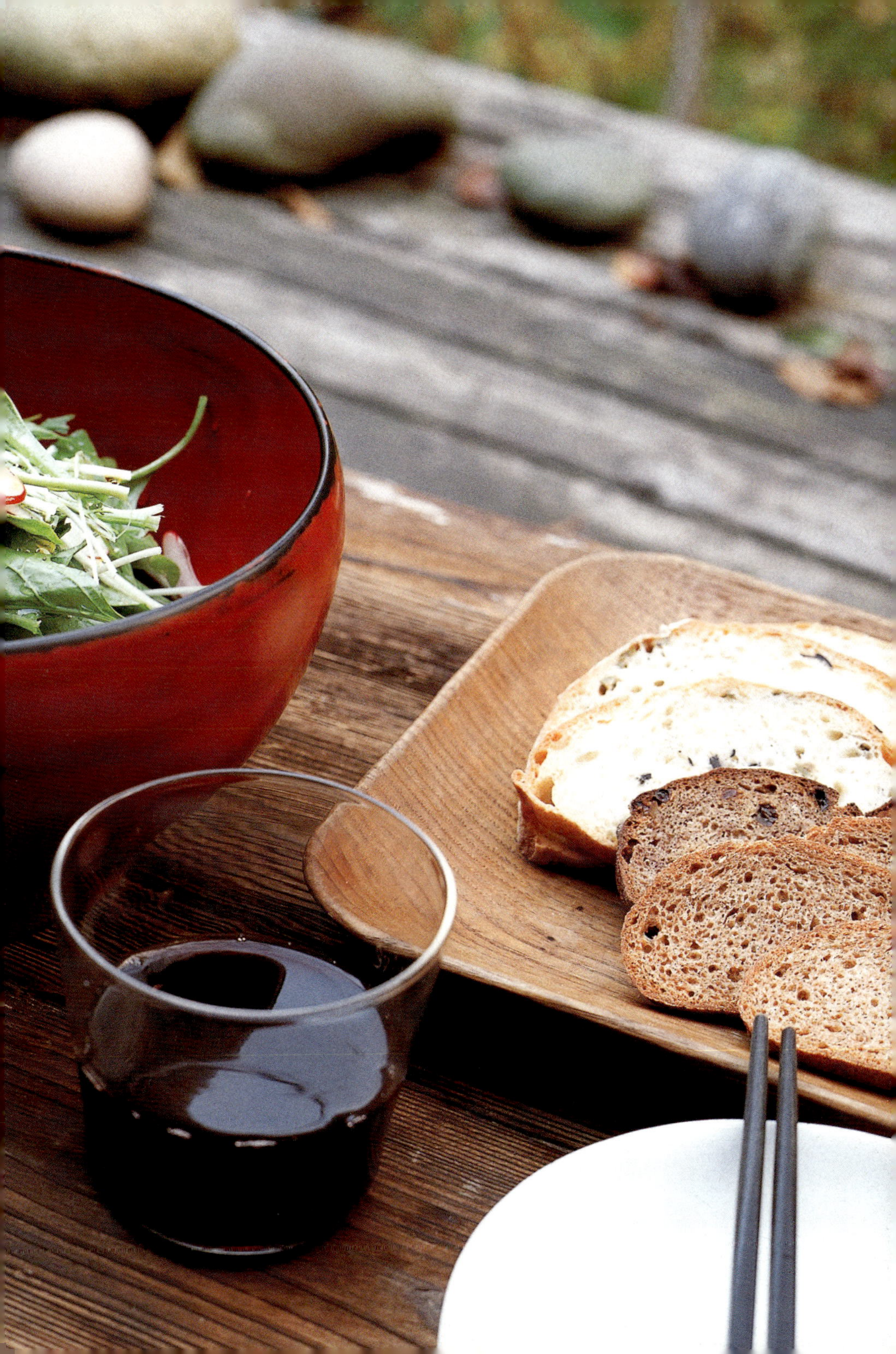

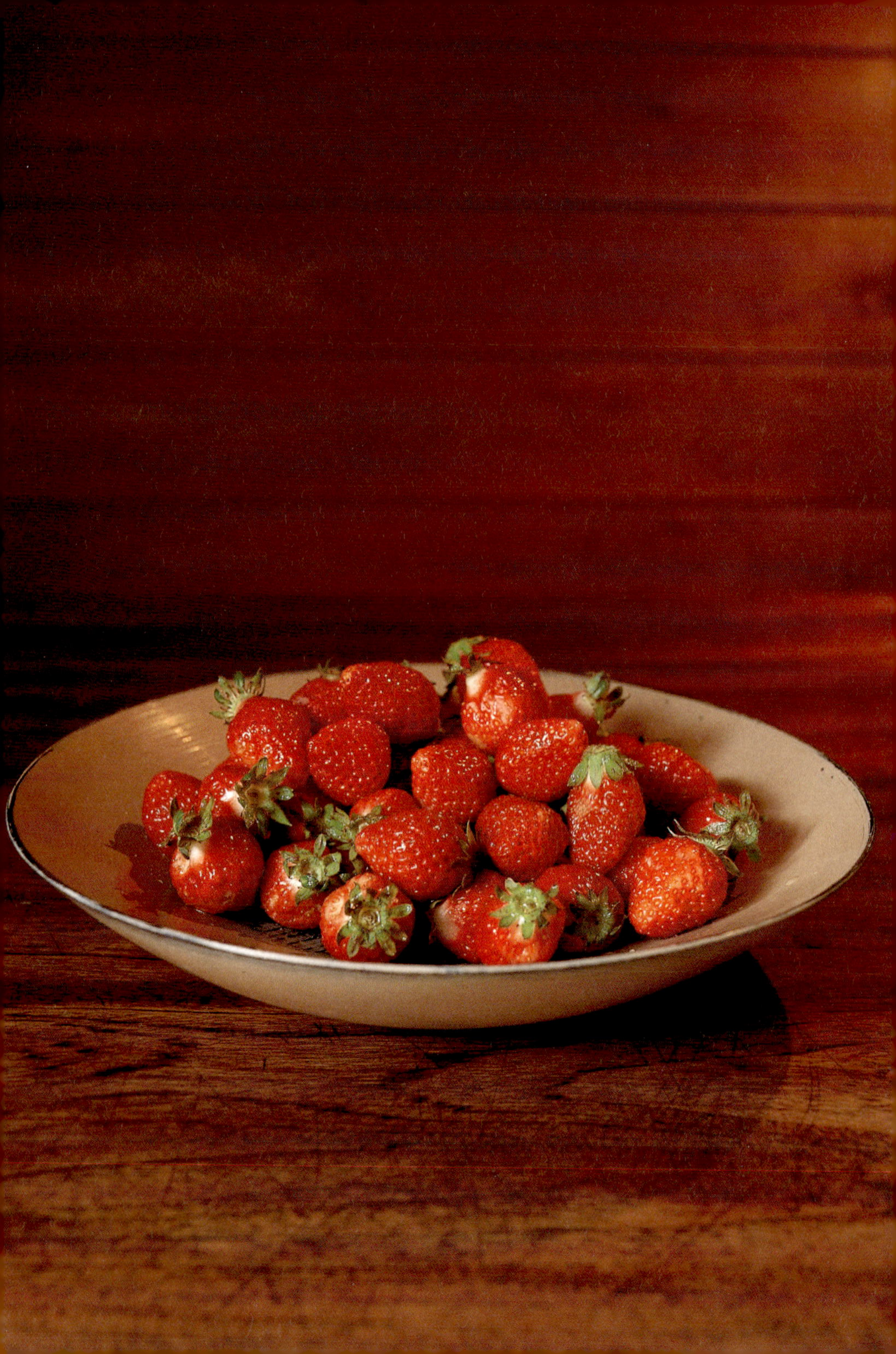

白漆餐盘
三谷龙二作

三谷先生是一名木工设计师,但他也会上漆,因为这是需要了解的涂装方法之一。白漆名字虽然带个"白"字,实际上,所谓的漆之白,指的是偏向米黄的颜色。

高 6.0cm,直径 22.0cm

银杏高台皿(一尺)
高田晴之作

需要关注的是木地。高田先生发挥了自己木地师本职的特长,让器皿呈现出用转盘镌刻的细腻纹理。

高 4.0cm,直径 30.0cm

涂物为食

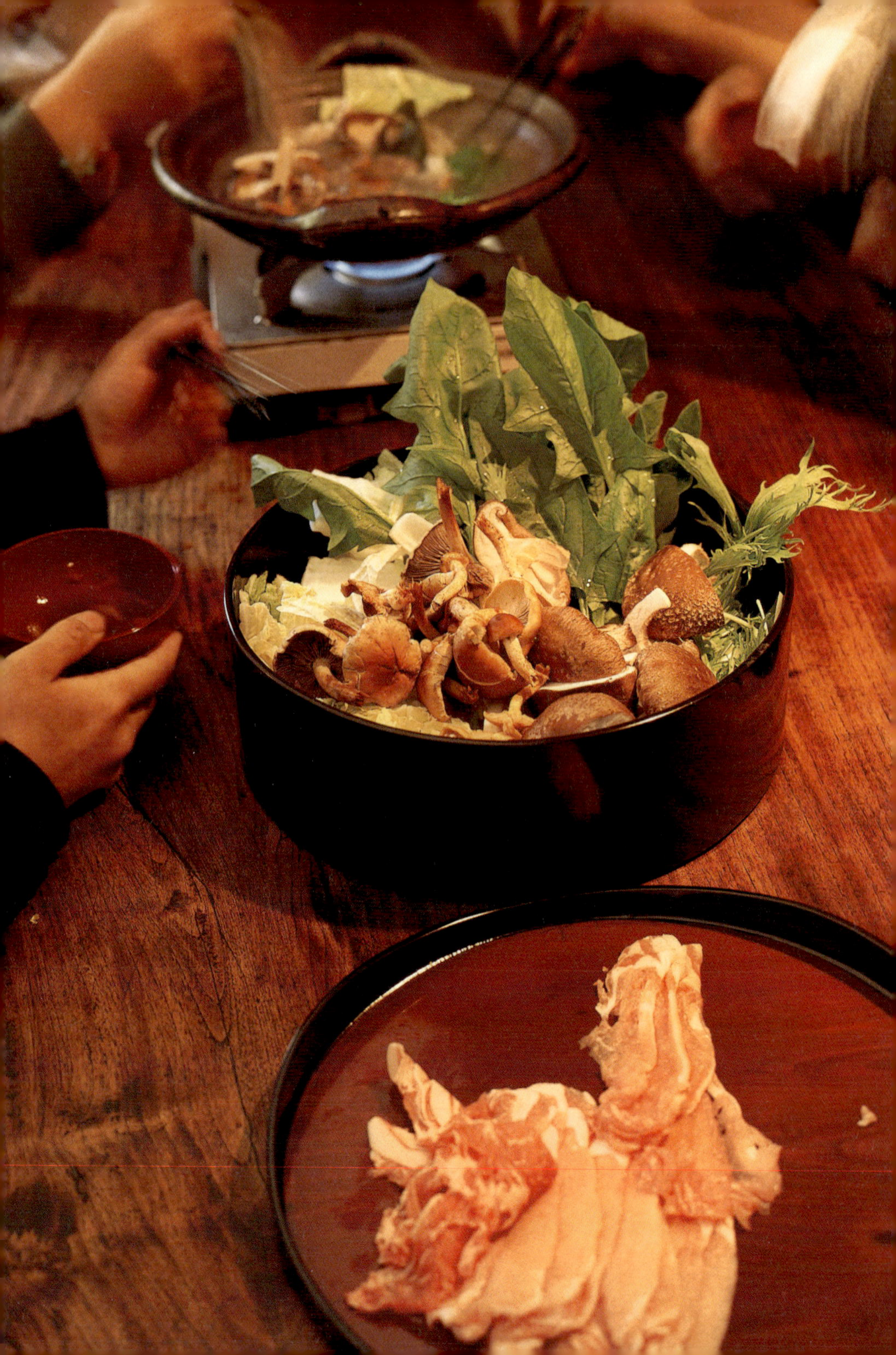

[上图] 椰子碗
赤木明登作

赤木先生以椰子壳为底涂漆制成。遵循了尤根·列鲁只制作回归自然之物的理念。

左/右：高约11.5cm，最大口径约11.5cm
中：高约6.0cm，最大口径约10.0cm

[左页] 曲轮容器
大崎漆器店

大崎家使用多年的器皿。据说原来是有小套盒的，现在只剩下这个了。

大盘——魅力在于轻盈

高桥　你可能会觉得很意外，其实我非常推荐漆物中的大盘。因为陶瓷大盘非常重，用起来还得非常小心，在大城市的狭窄公寓里连收纳的地方都没有。如果因为重就放在下面，又一不小心就会把吸尘器撞上去。所以大盘这种东西，虽然作为器皿非常实用，但真的拥有了，却有点麻烦。

赤木　漆物说到底也是一样的。我一直都认为，使用大尺寸的漆物并不适合入门者。

高桥　确实，我也不会一开始就买那种大盘。而且，虽然没必要拥有这么多，但我还是觉得，购买第三个或第四个大盘的时候，可以尝试一下漆物，那样应该会更好。

就跟重箱一样，在一家几口人一起吃饭的时候，或者

李朝之盘

非常古老的东西，却非常适合面包干燥的感觉。

在经常会有客人造访的人家，它一定能帮上很大的忙。三谷龙二先生和高田晴之先生的大盘（118～119页）从尺寸上看，当成盛盘使用应该也很方便吧。

赤木　这个曲轮容器（120页）是我在大崎先生家见到，觉得不错，然后借过来的。听说他们家平时都用这个来装天妇罗之类的东西。

高桥　以前我家吃火锅的时候好像会用又大又笨的陶瓷器或者托盘，甚至会用箩筐，不过这样用也挺不错呢。

赤木　新宫州三君在我能收弟子前，曾在我们的工房干了一年左右的兼职。后来他说自己想做刳物，就跑到京都去拜师，然后独立出来了。

新宫君和镰田克慈君的长盘（右页）怎么样呢？我觉得用来放寿司或刺身最好了。你有没有为装刺身的盘子烦恼过？

高桥　确实。而且不管是刺身还是什么，要想把大盘

[左图] 长盘
镰田克慈作

长度竟有一米！制作时刻意隐藏了底下的高台，整个盘子看起来就像一块薄板浮在空中。

100.0cm×10.5cm，高2.0cm

[右图] 木台
新宫州三作

与镰田先生锋芒毕露的长盘截然不同，是保留着削木痕迹的强而有力的器皿。

40.5cm×10.0cm，高4.5cm

摆得很好看其实是非常困难的。不过要是这种长盘，只要一个一个排好就能制造出画一样的效果，这样一来，摆盘的时候可能也会很开心呢。

而且因为这么长，还能竖起来放。虽然我不认为长盘是自己拥有的第一个大盘的最佳选择，但作为第二个的选择确实很不错。

赤木 还能用来招待客人呢。

那两位都是非常年轻的匠人，想必今后还会制作出更多与现在这个时代的餐桌相衬的器皿吧。与此相对，李朝的盘（左页）虽然非常古老，但我家却用它来放面包，两者也非常合拍。

高桥 确实。漆物和面包搭配虽然听起来有点不可思议，但对这个盘来说却非常适合。

我认为有的食物可以与漆物搭配，有的则不能，不过这个话题还是留到下次再说吧。

人物一陶器?·漆物?

涂师赤木明登一家

赤木 很久以前我曾经给高桥女士送去过这种意面盘（右页下），想叫她用用。不过她却说漆物跟意面不搭配，直接把它打入了冷宫。其实在我家经常这样用，还非常好用呢。

高桥 这是感觉的问题，所以很难解释清啊。意面不是应该用白色的西式碟子吗？

赤木 的确，漆物盛的饭菜不会让人想搭配红酒吃啊，而且我也觉得咖啡和温酒与漆物不太搭配。只是，我很想摒除"漆＝和风"的固有观念。尽管意面是西洋食品，但欧洲的碟子一开始也是木制的啊，后来逐渐被金属取代，再后来代尔夫特[1]又模仿中国陶瓷器开始烧制餐具。只要观察一下欧洲的白色陶瓷器皿，就会发现它主要分成两个体系，一个体系保持着木器之形，另一个体系则保持着金属器皿的外形。这只意面碟是将取自于木形的16世纪代尔夫特白釉碟重新恢复到木的状态，因此不会有异样的感觉。

高桥 你说的我都懂，也认为这并非不可能之事。如果恰好有这么一个器皿在手边，我可能也会用用看。可是明明违背了自己最真实的想法，还要仅仅为了尝试而勉强购买，我觉得有点没必要。不过这种感觉也是因人而异的。我完全可以用漆物来盛各种菜饭啊，这次只是意面搭配漆物恰好跟我的感觉不相符而已。我还是认为除了正宗的和食以外，漆物跟别的食物搭配也是很有趣的。

....

1 位于荷兰，欧洲著名的陶瓷制造中心。

[上]意面盘

高桥女士带来的是法国的古老量产品。在她看来:"就是这种什么都没有的纯白碟子最好了。"那么,您会选用哪种器皿来吃意面呢?

[下]意面盘
赤木明登作

直径24.0cm

赤木明登制作的切溜（拭漆加工，上为"亲"，下为"盖"），边24.0cm，高7.5cm（加上"盖"之后测量）。

今后的涂物

文：高桥绿

高桥女士到轮岛的匠人家拜访，参加各种漆器皿展览，积累了许多相关知识。在度过了与涂物密切相关的这些日子后，她的想法似乎发生了一些变化。那么，她今后会怎样使用涂物呢？

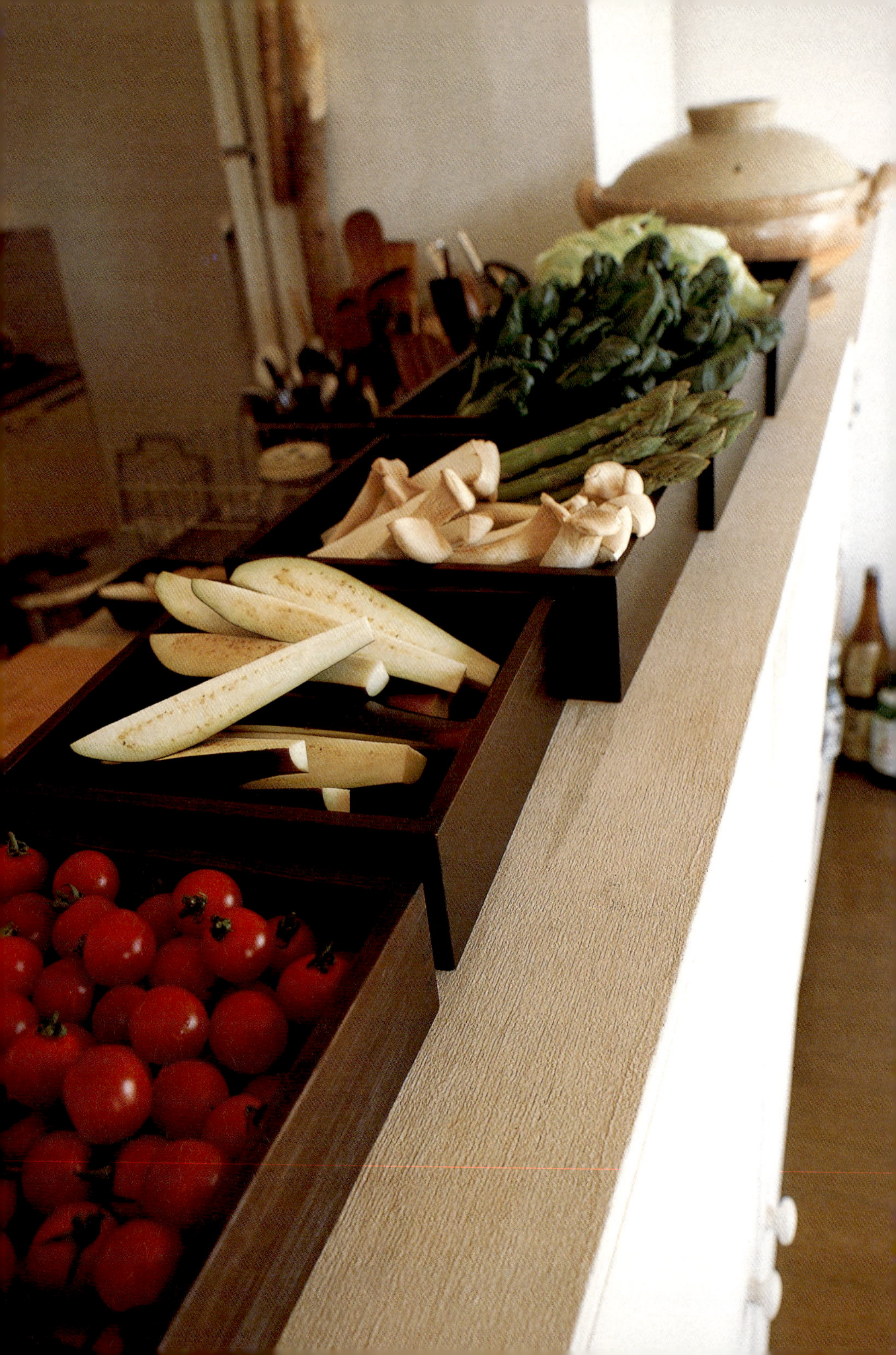

各种用途

几年前因为着迷于那美丽的外表而把赤木先生的切溜盒买了下来。

他告诉我，切溜本来是厨房的道具。

尽管我越来越喜欢它了，却觉得自己应该无法好好使用，只能将它收了起来。

后来去了轮岛，感觉一直纠缠着自己的重箱的诅咒被解开了，甚至准备要买一只重箱。不，等等，我不是有切溜盒嘛，不如先用用看吧。

一旦开始使用，就发现切溜盒用起来果然比重箱要轻松得多。

因为用起来实在太顺手，让我不禁有些嘀咕——在前路上还会有重箱等待着我吗，还是就止步于此了呢？

点心盒

西式点心的话，可以用来装蛋糕和烘焙点心；和式点心的话，则可以装团子和重果子。盖上盖子就不会变干，更重要的是打开盖子那一瞬的期待，以及待客的小小郑重感，这是用保鲜膜保存绝对无法比拟的！每次有客人在下午茶时间上门，我都会把小号的切溜盒当成点心钵使用。

烫火锅

我家平时吃火锅用的都是铁盘和笋筐，也觉得这种风格与自己很相称，可是一旦换成切溜，就发现它实在是太方便了。只是单纯地把材料切好随意放进去，也能很像样子。明明是厨房道具，但作为器皿也能让人眼前一亮。而且这个切溜很轻很轻，移动起来非常方便。

今后的涂物

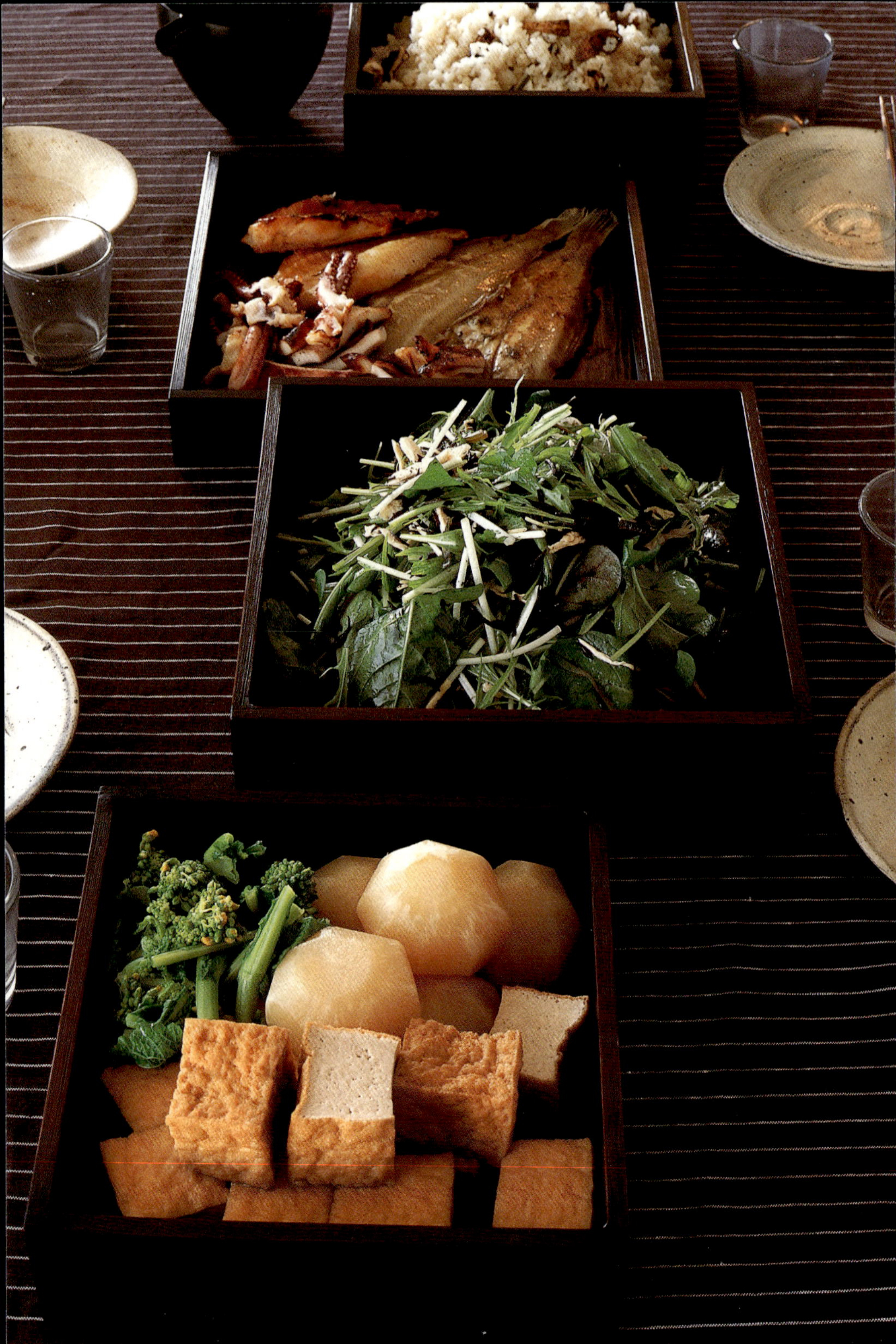

套碗组
仁城义胜作

高 7.0cm，口径 12.5cm（最大尺寸）

———

呼朋唤友

其实大盘是一种略麻烦的器皿。于是在很多客人到家里来的时候，我就试着把东西全都装进了切溜盒里，结果竟无须考虑任何摆盘，非常轻松。与重箱不一样，切溜盒的每一层尺寸都不同，所以外表看起来很随意，也能很方便地摆在餐桌上。
再加上每一层都有盖子，在客人到达之前还可以把盖子盖起来，层叠放置。另外，盖子还能用来充当碟子和托盘。切溜盒本身又不占地方，作为一种盛盒着实称得上优秀。

致病母

年迈的母亲住进医院时，我送了仁城义胜先生的套碗组给她。医院使用的器皿都是塑料的。

我认为，正因为身体在忍受病痛，才更希望病人能够使用带着温暖的器皿进食。这既是为了病人着想，也能让照顾病人的人更安心。

之所以选择四件的套碗组，是因为母亲这个年龄，用这些应该足够了。另外，它的手感轻盈、不重，这一点对病人和老人来说应该也是很重要的。

今后的涂物

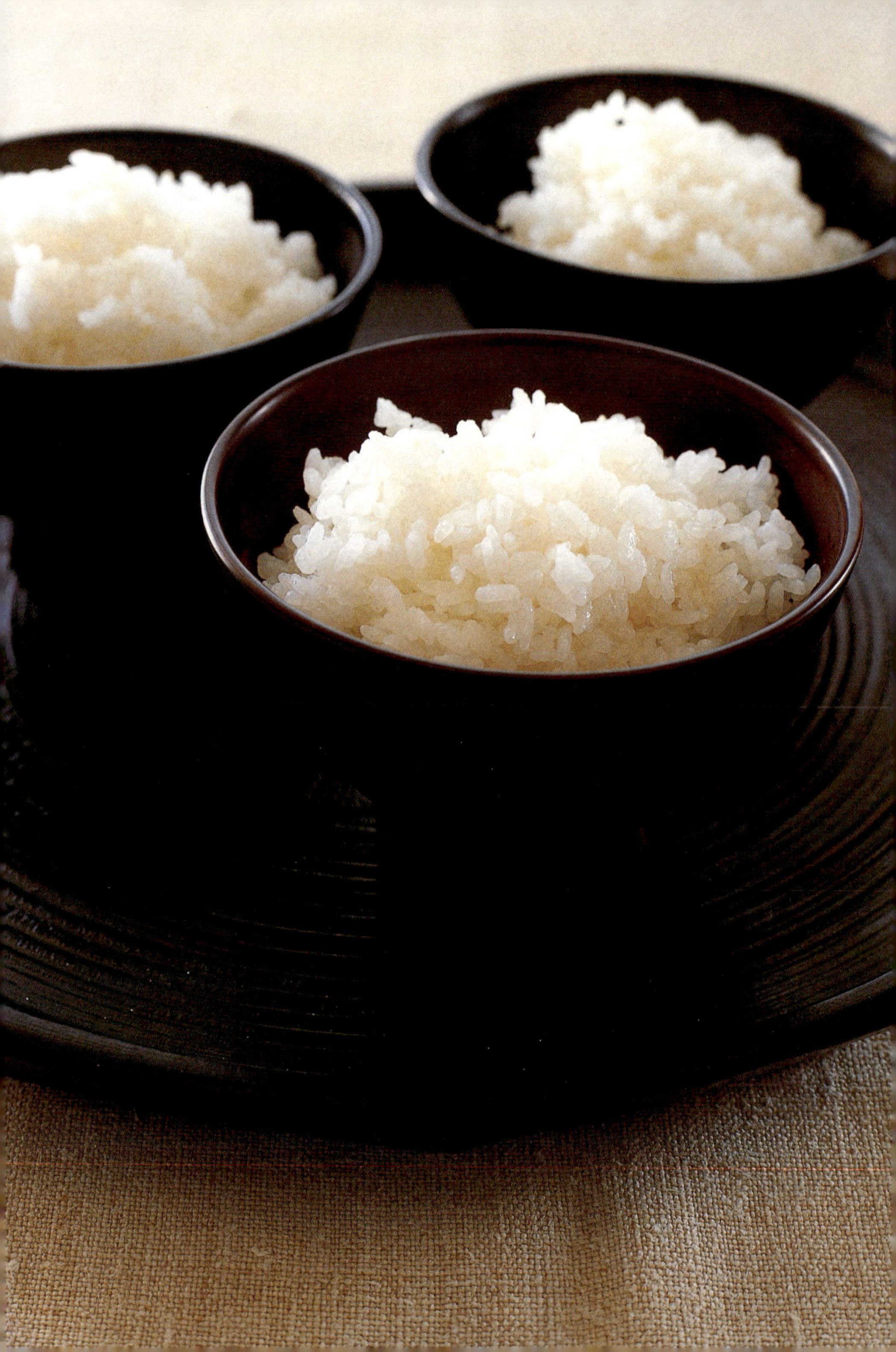

吃饭

以前听到"高森空间"的高森宽子女士给我推荐,从那以后就一直想用用漆碗,但因为我一直保持着夏天用瓷器,冬天用陶器饭碗的习惯,就迟迟没有对漆碗出手。此次在福田敏雄先生的个人展上,我经历了决定性的邂逅。

一开始我还需要下定决心,一定要每天都用这个来吃饭,现在已经觉得自己再也无法回到陶瓷器的世界了。漆物最具魅力的地方就在于放在手中的温暖触感,它能够让人的心情也变得柔和。当时正值深冬,这个时机也非常好,雪白的米饭在漆黑的器皿里显得格外突出。这让我重新意识到,如果只是注视一只器皿而不实际使用,是无法真正理解它的。

喜事和洋风

在长井均先生的个人展上看到这个盘子(134页)时,我顿时就为它的颜色、大小和形状,总之一切的一切着迷了。长井先生管这个颜色叫"茜色",边缘弯曲的程度也恰到好处。这是我完全排除工作因素,真正因为喜欢而买下的器皿,因此每次考虑它的用法都让我感到乐趣十足。今后一定还会有很多别的创意吧。

随身携带

就在我觉得塑料杯和纸杯很讨厌的时候,完全出于偶然地在赤木先生的展览会上发现了这个小酒杯(136页)。平时我在旅行或出门的时候都会在保温瓶里灌满茶水带着走,但用塑料杯和纸杯来喝茶实在是让人提不起劲来,扔杯子的时候感觉也很不好。这只小酒杯分量很轻,也能叠放,非常方便携带,所以我正准备下次出门时带上它试试看。

[左页] 喇叭碗(四寸)
福田敏雄作

高 7.5cm,口径 12.0cm

[134 页] 九寸盘
长井均作

买下这只盘子的时间恰好是十二月,马上就在正月里用上了,家里的喜庆气氛顿时浓了很多。尽管我也很憧憬豪华的重箱和丰盛的年菜,但能有这个,也足够唤起新年的气息了。

直径 27.0cm

[135 页] 混搭

用来充当"Under dish"的用法。我在前文也提到过,自己心里存在不愿意用漆物来搭配西餐的固有观念。虽然现在不喜欢的东西还是不喜欢,但这只盘子用来配西式的菜肴也能让人陶醉呢。

今后的涂物

今后的涂物

今后的涂物

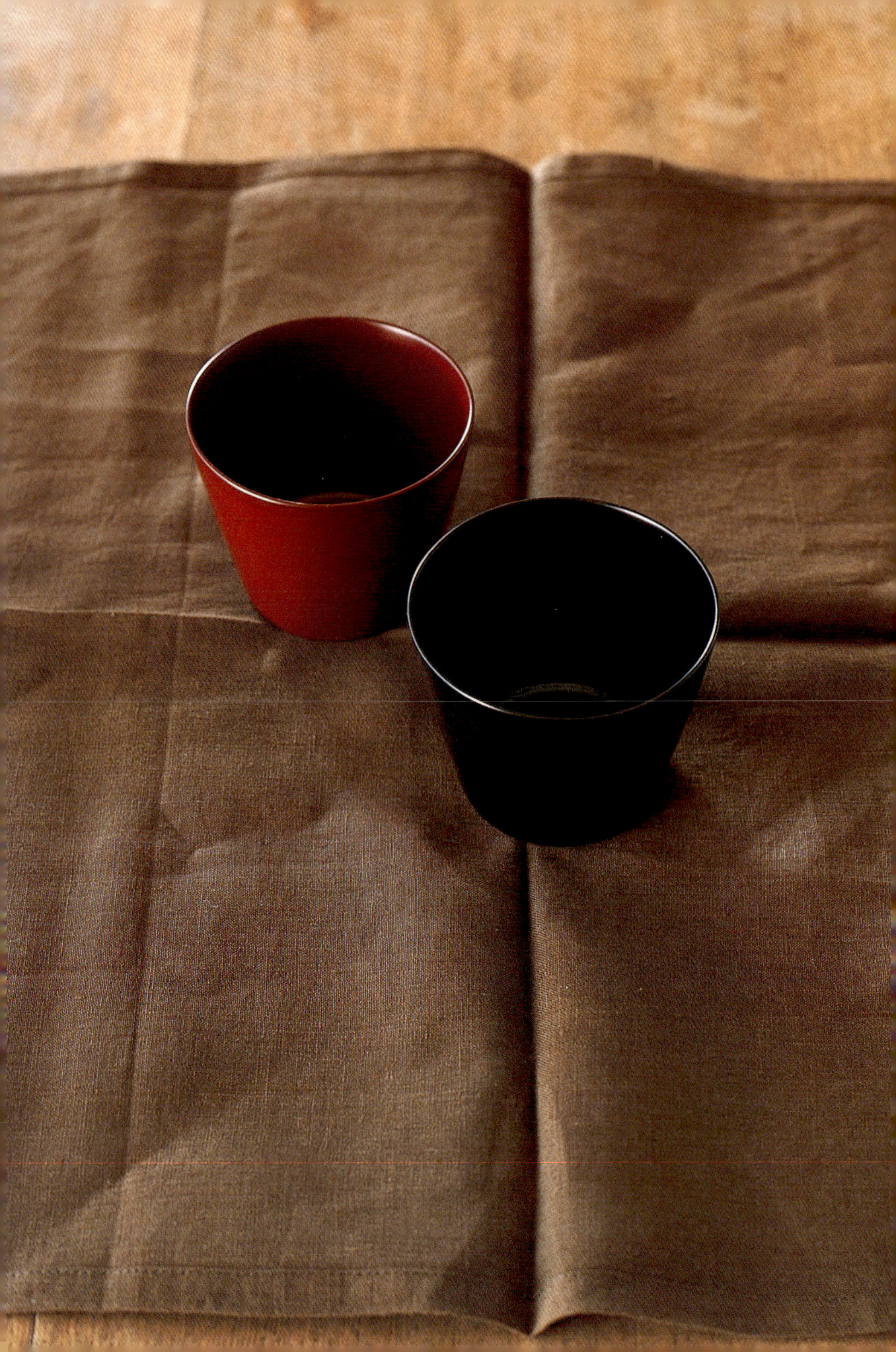

酒杯（本坚地涂立）
赤木明登作

高 6.5cm，口径 8.0cm

今后的涂物

结语

有时候，不，应该是经常，我会看着自己涂的涂物表面，时而陶醉不已，时而叹息感慨："啊，真是太漂亮了。"不过，漆之所以能如此美丽，并非因为我。漆的美与天空、山峦、大海、树梢、草叶、虫翅、矿物结晶一样，因为属于自然，才具有了独特的美好。

我所能做到的，便是毫无保留地信赖自然之美，保持谦逊，尽量不做任何多余的动作（其实这是最难的）。这样一来，素材中蕴含的自然之美便会自然而然地，原原本本地绽放出来。

如果您买了涂物，请务必注视它的表面。在我眼中，那是在山间溪畔、密林深处，以及各种地方生长的漆树所经历的光景。风雪寒冬的严峻、春暖花开的温情与盛夏的枝叶繁茂、深秋的虫鸣寂寥，这一切会同时在脑海中苏醒。这样如同宝藏般的自然化作器皿的形状，来到我手中，每天出现在餐桌上，实在是一种无上的幸福。我希望让更多人体会到这种感动。

漆物绝非一人之力能够制成。

是支撑着产地的许许多多匠人们共同努力，才把素材打造成了可供使用的器皿之形。而我相信，支撑着大家共同努力的东西，正是对素材本身的小小的热爱。

2007年3月25日，能登半岛发生了地震。轮岛市内从事漆物制造、销售的约630家事务所被摧毁大半。

本书中介绍的匠人们的家，有的甚至被彻底损毁。轮岛漆物行业也因此受到了巨大的打击。

不过，人们已经开始了复兴的努力。他们坚信，就算是地震，也破坏不了我们的"涂物"。我也希望这本书能为受灾地的早日重建尽一份薄力。

涂师　赤木明登

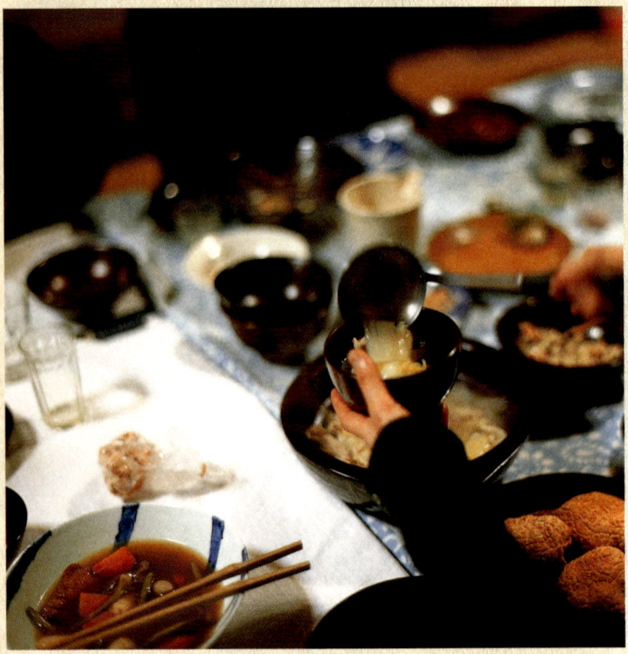

附录：轮岛的美食

主张『无料理不成食器』的赤木先生和高桥女士，考虑到吃货读者们会不由自主地被器皿中的美食吸引住目光，特地为大家介绍了以下让他们二人也赞不绝口的料理食谱。

芜菁胡萝卜汤（18页）| 赤木智子

连匠人们的饭也要一起煮的赤木女士自然很擅长料理。匠人们每次都一脸幸福地吃饭。

材料（4人份）：
芜菁四株、胡萝卜两根、烤肉用猪肉200g、辣椒一颗、大蒜一片、昆布一块（边长约5cm）、盐适量。

做法：
1 猪肉表面抹盐，包上保鲜膜放置1小时。
2 芜菁和胡萝卜去皮，胡萝卜切成三等分。
3 锅里加4杯水，放入所有材料，仔细刮去泡沫，小火煮至芜菁变软。
4 放盐调味。

零余子拌饭（19页）| 赤木智子

因为家里经常有很多人，平时做米饭都是用1升（！）的电饭锅。人少时则用土锅。零余子是次女阿音从学校回来时顺道采摘的。

材料：
大米两合（约300g）、零余子一小把、昆布一块（边长约5cm）、盐适量、酒适量。

做法：
1 零余子用水冲洗，再用盐水仔细洗净。
2 大米淘好，用竹筐捞起。
3 在土锅中加入大米、零余子、昆布、水、酒少许、盐一小撮，炊熟。

肉味噌饭（23页）| 赤木智子

将调味略重的肉味噌和蔬菜扣在米饭上，拌匀后食用。加点胡椒酱可以增添辣味。蔬菜选用生菜和黄瓜，也可以加白萝卜丝。

材料（4人份）：
猪肉糜300g、洋葱半个、大蒜一片、八丁味噌100g、辣椒一颗、酱油·酒·砂糖两大茶匙、胡萝卜、萝卜芽、豆芽、菠菜、白芝麻·芝麻油·酱油适量。

做法：
1 制作肉味噌。洋葱切碎，和胡萝卜用油炒香，再加入肉糜翻炒。
2 在1中加水150ml，加酒，煮好后加入八丁味噌、酱油、砂糖、辣椒，煮至收汁便可。
3 豆芽和菠菜用盐水烫熟，加入芝麻油、酱油、白芝麻拌匀。胡萝卜煮熟后切细丁，萝卜芽去除根部，切一半。

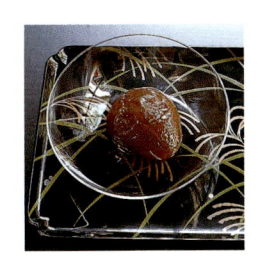

糖煮无花果（35页）| 大崎悦子［大崎漆器店］

使用黄绿色尚未熟透的白无花果。大崎女士每年十月中旬应季都要做这个糖煮无花果，味道与普通无花果制作出的口味截然不同。

材料：
白无花果、砂糖（相当于无花果一半的量，根据个人喜好调节）、白葡萄酒或日本酒（没过无花果表面）、盐一小撮。

做法：
1 白无花果去除花蒂，洗净后放置半天晾干。
2 将所有材料放入锅中，煮至软熟。
3 保存在冷藏柜中，每两天取出来稍煮一下可以延长保质期。

芋仔章鱼（36 页）| 大崎悦子

芋仔章鱼是代表了秋日能登的乡土味道。素材使用生鲜小章鱼。不知是否因为酵素作用，这种食材跟芋仔一起煮会变得非常柔软。不喜欢芋仔黏液的人也可以先过一遍开水。

材料：
小章鱼、芋仔、酱油适量、砂糖适量、酒少许、辣椒一至两颗、柚子皮。

做法：
1 芋仔去皮，章鱼冲净，切成一口大小。
2 在 1 中加入没过表面的水，放入柚子皮以外的材料，盖上锅盖烹煮。
3 芋仔和章鱼煮软后关火，让食材入味。
4 盛入容器中，撒上切碎的柚子皮。

鱼酱腌萝卜（36 页）| 大崎悦子

为丈夫庄右卫门先生制作的下酒菜。鱼酱选用能登特产"いしる"，是一种以鱿鱼为原料制作的调味料。真不愧是涂师屋，连火盆也涂了漆。

材料：
白萝卜、太平洋鲱鱼、鱼酱（没过半个白萝卜）、米曲半合（约 80g）、酒少许、昆布一块（边长约 5cm）、辣椒一至两颗。

做法：
1 米曲加酒静置一段时间。
2 白萝卜削皮，切成 1cm 厚的圆片。太平洋鲱鱼用刷子除去污垢。
3 在容器中放入鱼酱、米曲、昆布、辣椒，将白萝卜和太平洋鲱鱼腌渍一至两天。最长可以放置一周左右，但随着米曲发酵会带出酸味。
4 将腌萝卜放到烤网上，尽量远离炭火，稍微烤至表面变干。

轮岛的美食

米糠鯵鱼意面（42页）| 大工佳子［莺屋漆器店］

　　一般的米糠腌鱼用的都是沙丁鱼或鲭鱼，但大工家使用的却是味道不会很刺激的鯵鱼。米糠鯵鱼在早市的"山口"店里能买到。因为口味偏咸，用能登鱼酱稍加腌渍就可以了。

材料（4人份）：
意大利面400g、米糠鯵鱼一条、橄榄油、鱼酱少许、紫苏适量。

做法：
1 烧开一大锅盐水，煮意面。
2 去除米糠鯵鱼上的米糠，快速冲洗。用厨房纸拭去水分，剥皮，打散鱼肉。
3 煎锅加橄榄油，快速翻炒米糠鯵鱼。
4 在3中加入煮好的意面，再加入鱼酱拌匀。
5 装盘，点缀切碎的紫苏。

紫苏饭团（115页）| 福田美和子

　　紫苏的清香和豆瓣酱的辛辣混合起来让人欲罢不能。丈夫敏雄先生的爱好是钓鱼和摘野菜、采蘑菇等。青紫苏用的也是自己家后院栽培的无农药作物，想吃的时候摘两片叶子，永远都用不完。放进冷藏柜据说能保质半年。

材料：
青紫苏、酱油（让紫苏完全浸泡在里面）、麻油少许、豆瓣酱（根据个人喜好添加）。

做法：
1 在带盖的保存容器中混合调味料，浸入紫苏叶放进冷藏柜。十天后等紫苏叶彻底浸透就能吃了。
2 配合紫苏叶的大小把米饭握成梭形，裹上叶子。

咨询方式一览

售卖漆物的店铺除了下面介绍的，还有很多。
此外，一些独立作者制作的作品每年会在个展中展出，
您可以到展中直接询问，或向承办展出的店铺索要相
关介绍。

工房 ·····································

工房一般不对外开放，有对应涂师屋或画廊的，请先
尝试联系对应的涂师屋或画廊（蓝色编号）。

1 四十沢宏治（四十沢木材工芸）**27 31**
📍 石川県輪島市堀町 3-8-1
📞 0768-22-0539

2 赤木明登（赤木明登うるし工房）
27 30 31 32 33 34 37 39 41 46
📍 石川県輪島市三井町内屋ハゼノ木 75
📞 0768-26-1922 📠 0768-26-1933
🌐 www.nurimono.net

3 東日出夫 **35**
📍 神奈川県逗子市沼間 3-14-26
📞 & 📠 046-873-7583
🌐 http://urushi-art.net

4 大藏達雄 **30**
📍 静岡県田方郡函南町軽井沢赤坂
📞 055-974-2779

5 大場芳郎（大場漆部）**26 30 36 37**
📍 長野県松本市岡田下岡田 178-18
📞 0263-46-5716

6 大宮静時
📍 石川県鳳珠郡能登町字十郎原 9-3
📞 & 📠 0768-76-0690
🌐 www.ne.jp/asahi/woodcarving/oomiya/

7 角有伊（角漆工房）**29 36 41**
📍 石川県輪島市河井町 3-135
📞 & 📠 0768-22-1804

8 鎌田克慈
📍 石川県羽咋郡志賀町鹿頭エの 18 番地甲
📞 & 📠 0767-46-1639

9 新宮州三 **39**
📍 京都府宇治市五ケ庄岡本 17
📞 & 📠 0774-32-8875

10 高田晴之 **27 31 37**

11 谷口吏 **30**

12 長井均（長井漆工）**26 27 37**
📍 石川県輪島市河井町 17-13-6
📞 & 📠 0768-22-3405

13 中島和彦（中島甚松屋蒔絵店）**27 37**
📍 石川県輪島市鳳至町畠田 1-1
📞 0768-22-0633 📠 0768-22-0612

14 中野知昭 **37**
📍 福井県鯖江市河和田町 12-43-1
📞 0778-65-1261 📠 0778-65-3312

15 西端良雄（西端椀木地工房）**36**
📍 石川県輪島市河井町 6-51-25
📞 & 📠 0768-22-1826
🌐 http://rokuro.shichihuku.com

16 仁城逸景 **17 26 27 30 37 41**

17 仁城義勝（工房仁）**26 27 30 32 33 34 37 41**
📍 岡山県井原市西江原町賀山 7689
📞 & 📠 0866-62-7661

18 畠中昭一 **36 42**

19 福田敏雄 **27 32 37**
📍 石川県輪島市中段町平 7
📞 & 📠 0768-22-3989

20 三谷龍二（Personas studio）**32 34 39 41 46**
🌐 www.mitaniryuji.com

21 村瀬治兵衛

22 村山亜矢子（すはどり工房）**9 27 30 39**

23 山口浩美 **27 31 37**

涂师屋 & 画廊 ·····································

24 藕庵（塩安漆器工房）
📍 石川県輪島市河井町馬場崎通り 3-198
📞 0768-22-5227 📠 0768-22-5294
🌐 www.shioyasu.com

25 伊勢丹新宿店
📍 東京都新宿区新宿 3-14-1　本館 5F Living&Art

📞 03-3352-1111（代表）

26 うつわわいち（轮一器物）
📍 石川県輪島市河井町わいち 4-42
📞 0768-23-8101

27 漆ギャラリー舎林（舎林漆画廊）
📍 大阪府大阪市阿倍野区阿倍野筋 2-4-41
📞 06-6624-2531
🌐 www.u-syarin.com

28 大崎漆器店
📍 石川県輪島市鳳至町上町 28
📞 0768-22-0128　📠 0768-22-8677
🌐 www.osakisyoemon.jp

29 角偉三郎美術館
📍 石川県七尾市和倉町ワ部 34 番地
📞 0767-62-8000

30 ギャラリー日日（日日画廊）
📍 京都市上京区信富町 298
📞 075-254-7533　📠 075-254-7501
日日 ビューイングルーム（日日展示室）
📍 東京都中央区入船 2-7-1 コイズミビル 2F
🌐 www.nichinichi.com

31 ギャラリーわいち（轮一画廊）
📍 石川県輪島市河井町わいち 4-42
📞 0768-23-8601

32 クラフトの店 梅屋（梅屋工芸品店）
📍 福岡県福岡市早良区石釜 870-1
📞 092-872-8590
🌐 http://isigamakenkoumura.com/umeya

33 工房 IKUKO
📍 岡山県倉敷市中央 1-12-9
📞 086-427-0067
🌐 www.koubou-ikuko.com

34 壺中楽
📍 鹿児島県鹿児島市吉野町 2433-17
📞 099-243-2555

35 サボア・ヴィーブル（Savoir-Vivre）
📍 東京都港区六本木 5-17-1 AXIS ビル 3F
📞 03-3585-7365
🌐 www.savoir-vivre.co.jp/

36 瑞玉ギャラリー（瑞玉画廊）
📍 東京都板橋区板橋 2-45-11
📞 03-3961-8984

37 スペースたかもり（高森空間，不定期開放）
📍 東京都文京区小石川 5-3-15-302
お菓子調進所・一幸庵 3F
📞 03-3817-0654

38 蔦屋漆器店
📍 石川県輪島市河井町 3-103
📞 0768-22-0072　📠 0768-22-9028
🌐 www.wajima-tutaya.jp

39 桃居
📍 東京都港区西麻布 2-25-13
📞 03-3797-4494
🌐 www.toukyo.com

40 藤八屋　工房長屋店
📍 石川県輪島市河井町 4-66-1
📞 & 📠 0768-23-1088
🌐 www.tohachiya.net

41 菜の花 暮らしの道具店（菜花生活道具店）
📍 神奈川県小田原市栄町 1-1-7　小田原地下街 HaRuNe 小田原　菜の花ビレッジ 内
📞 0465-22-2923
🌐 http://kurashinodoguten.com/

42 日本橋高島屋
📍 東京都中央区日本橋 2-4-1 7F
📞 03-3211-4111（代表）

43 宮崎集古堂
📍 石川県輪島市河井町 1-137-1
📞 0768-22-7188

44 矢橋工房（銀座店）
📍 東京都中央区銀座 4-3-2　清水ビル 2F
📞 & 📠 03-3561-8972
🌐 www.yabashi.co.jp/craft

45 ヨーガンレール（Jurgen Lehl）Babaghuri 本店
📍 東京都江東区清澄 3-1-7
📞 03-3820-8825
🌐 www.jurgenlehl.jp

46 WASALABY
📍 東京都目黒区自由が丘 2-9-19
📞 03-3717-9191

47 輪島キリモト（轮岛桐本）日本橋三越店
📍 東京都中央区日本橋室町 1-4-1
日本橋三越本店 本館 5F
📞 03-3274-8527（直通）
🌐 www.kirimoto.net

从柚饼子总本家中浦屋店的橱窗中借来的点心碟。

参考文献

○ 荒川浩和監修『合鹿椀』柳田村　1993 年
○ Elmar Weinmayr『NURIMONO — Japanische Lackmeister der Gegenwart』
　Verlag Fred Jahn, München　1996 年
○ 荒川浩和　山本英明　髙森寛子等『ほんものの漆器―買い方と使い方―』
　新潮社　1997 年
○ 桐本泰一監修『いつものうるし』ラトルズ　2005 年
○ 四柳嘉章『漆 I』法政大学出版局　2006 年
○ 四柳嘉章『漆 II』法政大学出版局　2006 年
○ 髙森寛子　大屋孝雄『漆の器それぞれ』バジリコ　2006 年
○ 松崎堯子「人のなかのモノづくり　輪島塗が出来るまで」（論考）2007 年

摄影 | 日置武晴　　　绘图 | 大桥步　　　地图制作 | J−Map

致谢（排名不分先后）

赤木智子　有元葉子　うつわわいち　大崎漆器店　ギャラリー日日
ギャラリー fu do ki　ギャラリーわいち　彩漆会　高田晴之　蔦屋漆器店
福田敏雄　福田美和子　宮崎集古堂　民宿深三　山口浩美
輪島キリモト

除上述各位外，本书写作过程中还获得过许多人的帮助，在此也对他们表示由衷的感谢。